ことばの歳時記

山本健吉

角川文庫
20077

ことばの歳時記　目次

春

夏

秋

冬（附・新年）

春

春（はる）　その一

二月四日ごろと言えば、まだ寒いさかりである。寒いさかりに立春だと言って、春の到来を感じ取るということは、これからの若い人たちには、もうすでに困難になってきたかも知れない。私たちでも、小学読本で「三月、四月、五月を春という」と習っていたし、温暖の季節を春というのだとすれば、それはその通りに違いないのである。初めて歳時記を読んだとき、立春から春だという約束は、ずいぶん日本人らしい気の早さだと思ったものだ。だが、寒いさなかを春だと言って気持をやすめることを、私は今では納得したい気持である。冬という季節が長すぎるのは、どうにもやりきれないのである。

暦の上で春が来たと言っても、急に暖くなるはずもないことは分りきったことだ。だが、二月にはいれば立春の日が来るのだという期待が、どんなに気持の上で、冬をしのぎよくしてくれるか知れないのである。たとえば、十二月下旬には冬至があり、その日が昼の短い絶頂であり、それからは一陽来復で、一日一日と畳の目ほどずつ日脚が伸びてゆく。そして歳末となり、元日となり、七草となり、小正月となり、大寒となり、そして節分となり、立春となるという、季節のこまかい折目が、冬をやりすごそうという心の支えに、どれだけ役に立つか知れない。それほど、春という季節は待たれているのだ。

日本人のせっかちを示す事実かも知れないが、季節の推移に敏感な日本人の感性を示すものでもあるだろう。われわれはまだ寒いさかりに、春の到来を祝い、まだ冬枯の蕭条たる中に、早くも春を嗅ぎ分けていた。西洋流に合理的に考えたい人は、この点から歳時記の季感を改訂しなければならぬと考えているが、これは改めなくてもいいことである。合理的な点では、この方がかえってまさっている。黄道上の太陽の位置によって、立春の日を決めているのだから。暖い季節が春なのでなく、春になったから暖くなるのである。

二月（初春）の景物を歳時記から拾ってみよう。梅、黄梅、まんさく、猫柳、山茱萸の花、いぬふぐり、洲浜草、片栗の花、松雪草、クロッカス、君子蘭――これらの花が咲き出すときに、春を感じないというのはおかしい。鶯ももう囀るし、猫の恋というユーモラスな言葉もある。まだ寒いけれど、余寒、春寒し、冴返るであって、春浅し、春めくと、春のきざしは、的確に捕えられる。蕗の薹やうどや水菜や、また春にさきがけての山菜も、出まわってくる。

もっとも、立春からもう春だということが、固定観念になってしまうと、とたんに春霞だ、朧月だと、春の景物を口にしたがる傾向もないわけではなかった。だが、暦がその年その年の浮動的な気象を、われわれの意識の中で整理して修正してくれる役割は、大きいのである。

かつては冬の鎮魂祭に唱えられたまれびとの呪詞が、冬を転じて春にする力を持っているものと、解された。まれびとの一行は一年の農事を予祝して行くが、それが零落すると、初春の門付やナマハゲのような鬼になってしまう。それでも、春は祝うべきものだという感じは、何時(いつ)までも生活の古典として、持ち伝えているのである。

キリスト教の復活祭だって、もともと異教徒の春の祭を土台にしたものである。キリストの死と復活の信仰の原型には、豊饒を約束する穀物の王としてはあまりにも老いすぎた王を殺戮し、復活せしめるという、原始時代の一見残酷な考え方がある。古代エジプトのオシリスの信仰は、この穀物の神の似像を作り、それを生贄(いけにえ)として、手足を切り取って殺し、それから復活となり、豊饒の象徴となるのである。このような古代の信仰を根底に置いて、T・S・エリオットの詩『荒地』の第一行は、

四月は残酷きわまる月だ

という詩句で始まる。復活祭の行われる四月を、「残酷きわまる月」と感じるような季感は、日本の俳人たちが思ってもみなかったことである。復活とは、死における生であり、王の殺戮による豊饒の約束である。残酷さの記憶を下敷にして、草木が芽生え、鳥が囀り、花が咲き、みのりが約束される。一粒の麦は死ぬことによって、多くの実を結ぶ外はない。

そしてそれが、今日の「荒地」に住む文明人の精神的境位だと、この詩人は言うのである。日本でも古くは、春は復活であり、死における生を意味した。古いものの死によってあがなわれた、新しいものの生であった。われわれが今でも僅かに保持している季節感の原型を掘下げて行けば、当然そういう意味に到達する。だがこの場合、原型をたずねる心は、今日の文明の病患に鋭く対処する心でもある。

春　その二

今年（昭和三十八年）の寒波の激しさは、型破りだった。三寒四温と言って、三日寒い日がつづけば、次にはあたたかい日を期待して間違いないのが例年の経験だったが、今度の寒波だけはどっかり腰をおろして、連日裏日本に吹雪を降らせ、いっかな去りそうな気配を見せないのである。

寒波などという言葉が一般化したのは、まだ三十年と昔のことではないだろう。シベリアから吹き寄せる本格的な季節風だと言っていたのを覚えている。その学説によって、ある俳人が「寒波来る強大の国家あるを知らしむ」なんぞと詠んでいたのを覚えている。ソ連とのあいだに、戦争の危機を感じ取っていた時代の句だったことが、わかるのである。句の調子が漢語調でかたいのは、新興俳句運動の影響だった。

気象学のことはよく知らないが、季節風説が否定されたのは、ここ数年のことではなかろうか。いや、本当は否定されているのかどうか知らない。だが、何時か、北極圏の氷大陸には大きな冷気塊があって、それがときどき金平糖のツノのように突きだして、冷気を送りこんでくるのだという意味の記事を読んだことがある。こんどの寒波でも、極東へも北米へもヨーロッパへも、冷気塊が大きなツノを突き出しているのであるらしい。

もう十日近くも、それは北陸に吹雪を降らせている。反対に東京は寒気がひりつくような異常乾燥だった。そして、そのきびしい寒さのなかに、もう暦の上では春を迎えようとする。

節分が冬と春との境目で、立春をすぎれば春である。これはどう考えても、現実の春の季節より早過ぎる。日本人はせっかちなのだろうか。

だが考えてみると、寒いさなかに、暦の上では春だということが、どんなに生活の上で、私どもに気持の拠りどころを与えてくれるかも取れないのである。暦を繰りながら心待ちにする気持は、長い冬の間のものである。冬至になると、もう一陽来復などと言っている。本当の寒さは、これからじわじわやってくるという日だ。その半面、これから一日一日、畳の目ほどずつ、日が長くなって行くという安堵の気持が、ないわけではない。

それからは、クリスマス、歳末、正月と、あわただしい行事がつづく。そのあとで、小寒となり、大寒となって、本格的な寒さを経験する。こういった暦の上の折目が、冬の期間にはことに多い。その一つ一つが、冬をやり過ごす者にとって、心の支えとなる。それほど春は待たれているのである。

節分になり、立春をすぎると、待ちに待った春がとうとうやって来たという思いになるのだ。もちろん寒さは、まだ一月か、それ以上もつづく。北海道では、五月にならなければ、本当の春にはならないだろう。東京だって、雪が降るのはこれからだ。二・二六事件の日には、雪が降った。桜田門の三月三日（陰暦）にも、雪が降った。高村光太郎のなくなった昭和三十一年四月二日にも、雪が降った。だが、暦の上ではもう、なんと言っても春なのである。

大昔から日本人は、春が来るという気持を大事にした。もちろんこれは、日本人にかぎるまい。だが未だにその気持を失わず、日本人は節分の夜になると豆を撒くのだ。鬼を退散させるのだと言っている。だが、今でこそ鬼などと呼ばれてきらわれているが、昔は春になると、異郷から神が訪れてくると信じたのである。そして村々の生活が幸福であり、穀物のみのりが豊かであることを約束して、帰って行った。その約束の言葉が、冬を転じて春にするのである。

初春になると、三人吉三の芝居がよくかかるが、あの大川端の場をみると、昔の江戸の人たちは、本当に春になったという気分を満喫したに違いないのだ。

お嬢吉三の「月も朧に白魚の篝も霞む春の空」という名調子も、いい気なものだが、そのとき「お厄払いませう、厄落し、厄落し」と節分の厄払いの声を舞台から聞いたら、やはり本当に厄を払い落してしまったような、すっきりした気持になったに違いない。

冬は死であり、春は生命の復活である。キリスト教の復活節だって長い悲しみの節である四旬節につづいている。私は、春が復活であるという意味を、何時までも忘れたくない。それは大昔の人たちが考え出した、生きるための知恵だと言ってもよい。自然のリズムに従いながら、何時までも生命の更新をはかって行こうとする。それは今日の文明の世の中においても、決して馬鹿にしたものではないのである。


（中部日本新聞　昭和三十八年二月五日）

立春

日本人は水とか平和とかを、ただで手にはいると思っている、ユダヤ人にとってこの二つは、大金を支払っても手に入れたい大事なものなのである。――

イザヤ・ベンダサン氏が言ったこのような意味の言葉を、私はときどき思い出す。私たち日本人の心の盲点を的確に衝いた言葉と思えたからである。

平和がただだとは、日本が島国であることに由来する私たちの心性であろうが、水がただだとは、日本の国土の自然の豊かさから来る心性であろう。だが、自然の恵みに、私たちはいつまで甘えていられるのであろうか。七十何日も降雨量ゼロの乾燥状態がつづくと、いくらのんきな日本人といえども、水が高いものにつくことを、次第に気づかされて来る。

水だけではない。空気も、土も、ただとは言えなくなって来た。草や木の緑色も、都会地ではただでなくなって来た。その一つに、太陽があることも、人々の切実な関心になって来たようだ。日照権などという新しい言葉が誕生して、それが犯される事件が頻発して来ると、いやでも私たちは、太陽はただではなかったのかと思い、暗澹とした気持にならざるをえない。

太陽の恩恵といえば、光と熱とだが、それに付随して、オゾンとか紫外線とか、いろいろある。だがともかく、それが人間のみならず生物界全体にとって、絶対必要な生存の条件であることは言うまでもない。越冬した南極隊員なら、太陽の不在とはどんなことか、骨身にしみて知っていよう。私も隣に接近してマンションが建ち、朝日のさす数時間が情け用捨なく奪い取られて、つくづく太陽のありがたさを思った。

だが、太陽も水も空気も、日本人はいつからただだと思うようになったのだろう。いや本当は私は、それら自然の恵みへの感謝を、いつからひとは忘れるようになったのだろう、と言いたかったのである。

日本人は昔から、森羅万象に霊的な力の存在を認めたが、その中心に太陽神があった。六世紀ごろから宮廷には、日祀部（ひまつりべ）あるいは日置部（ひおきべ）を置いて、暦のことをつかさどらせた。日知り（聖）とは、古代における天文や暦の知識の尊重を含んでいた。

太陽は天皇家の祖神と見なされたが、もとは天皇家の一種のトーテムだったのであろう。ひとびとにとって、太陽は惜しみなく与えられるものであったが、彼らはそれをただで与えられるものとして、軽んじたりはしなかった。それが生命と威力の源であることを知っていて、だからこそそれは、礼拝し尊重すべきものなのであった。アニミストのそういった心性を、妄想や迷信として棄てることが近代の合理主義なら、合理主義とは何とつまらないものであろう。

新しい太陽の誕生を祝う日が冬至であったことは、洋の東西を問わず同じであったらしい。西洋のクリスマスも、日本の大師講も、元はと言えば、一陽来復を祝う冬至の祭なのである。二十四気はもともと古代中国の暦法だが、それが渡来する前に、日本には太陽崇拝に基づく年中行事として、冬至や夏至も、春分や秋分も、節日だったのである。

立春は冬至と春分との中間で、これから春になる日で、昔は年の始めの日でもあったから、もちろん大事な日であった。古代人がいかに太陽を恋い、春を待ちこがれたかは、きびしくて憂鬱な長い冬ごもりの日々を考えただけでも、想像がつこう。これとて、大陸の暦法が伝わって始まった節日ではなく、日を知る古代の賢者たちによって決められた、太陽神の祭日であったろう。天の岩戸が開かれて、ぱっと日が射すあの歓喜と哄笑が、初春の祭にはあった。

「春立つ」とは、立春の訳語ではない。「八雲たつ」「霧たつ」「霞たつ」「煙たつ」「浪たつ」などの古代用例を考えても、それは自然の現象、つまり象が現れることについて言っている。すなわち顕現であり、生誕である。「春たつ」という言葉には、だから春の誕生をことほぐ歓喜の気持が籠っていよう。言いかえれば、太陽の生命への讃歌である。

　ひさかたの天の香具山この夕べ霞たなびく春たつらしも　（柿本人麻呂歌集）

この歌には、歓喜の気持がみなぎっていると見るべきである。「懽の歌」と詞書のある、

　石ばしる垂水の上の早蕨の萌えいづる春になりにけるかも　志貴皇子

と同じことである。

俳諧歳時記で春の季語を拾って行くと、「春光」「春色」「風光る」「麗か」「のどか」「日永」「暖か」「水温む」「雪解」などから、「菜の花」「たんぽぽ」「蝶」「蜂」のたぐいまで、春の太陽がみなぎっている。太陽への感謝と賞讃とを失っては、これらの季語は死んでし

まうだろう。そしてその根源は、「立春」の歓喜にある。

立春の日の輪月の輪雲の中　中川宋淵
立春や風切さやに鷗鳥　石田波郷

（読売新聞　昭和四十九年二月三日）

春(はる)めく

「春めく」という感じは、嬉しいものである。まだ寒い時候に、どことなく春めいた、艶(なま)めかしい匂いがただようのを感じ取って、そのきざしの動くのを喜ぶのである。

では「春めく」というのは、まだ冬のうちに春を感じ取ることなのか、あるいは早春になって、寒いうちにも春を感じるということなのか。その点はあいまいだが、それは日本人が今日、幾段にも春の到来を感じ分けていることにもよる。

冬至は太陽の命が一番短い極限だから、冬至が過ぎると日は一日一日と長くなるわけである。だから一陽来復と言って、もうこの日から「陽」を感じ出すという気の早さだが、気象上の冬はまだまだこれからである。だが、クリスマス、歳末と、あわただしく過ぎて新年を迎え、新年だから春が来たという感じを持つ。本当はこれから「寒」の季節にはいる。七草の日、小正月と過ぎて、節分の豆を撒くと「寒」があけ、いよいよ翌日は立春だ。暦の上ではこれで本当の春になる。だが、まだ酷寒はつづき、「春寒し」とか「余寒」とか「冴返る」とかいう季題が、二月ごろの寒さを強調している。

現代人は、三月にはいって、ようやく春だと感じるのが普通になった。雪の深い冬山の季節には、若人たちは、まだまだ「春めく」などとは感じたくないだろう。するとある日突然、「春一番」などという風が吹いて海では時化(しけ)を呼び、山では雪崩(なだれ)を呼び、嫌でも春の到来を人々の胸に納得させるのである。

春めきし山河消え去る夕かげり　高浜　虚子
春めきてものの果てなる空の色　飯田　蛇笏
春めきし風と覚えつ急(せ)かずゆく　星野　立子

（電信電話　昭和四十三年二月）

水温む

「水温む」という春の季題は、何となくあたたかいユーモアを感じさせる。王朝和歌のみやびの世界には、登場しない季語で、連歌の時代になって、春に許用されることになった。だが、こういう季語が愛用されるのは、やはり俳諧・俳句の時代になってからだ。ただし元禄にはまだ例句がなく、天明前後からようやく現れる。

流れ合ふてひとつぬるみや淵も瀬も　加賀千代女
水ぬるむ頃や女のわたし守　与謝　蕪村
紅絹裏のうつればぬるむ水田哉　大島　蓼太

水の中にも春が来たしるしを見出だしたとき使われるのだから、繊細な感覚があって生きる季語だろう。
蘇東坡の絶句に、

春江水暖鴨先知

という一句がある。

春江水暖めば　鴨先づ知る

と訓むと、「水温む」の季語はこういう詩句に胚胎したのかとも思う。水のぬるみは、人間が知る前に、鴨などがまず感知して、動きが生き生きしてくるのだろう。だが釣人は、魚たちがいちはやく感じて、動きを見せることを知っている。寒鮒は寒中は寒馴れといって、泥に頭を突っこんでじっとしているが、寒が明けると、「鮒の巣立ち」といって、粗朶を離れて動き出す。彼岸前後になると、「鮒の巣離れ」と言い、集団的に移動し出す。彼岸過ぎると、いよいよ「乗込み」だ。

枸杞に寄る巣離れ鮒の泛子ひとつ　水原秋桜子
巣離れの鮒に流るる朱の泛子　赤尾兜子

これも、「水温む」季節のうろくずの動きである。

「水温む」の例句で忘れられないのは、「後鳥羽院御火葬塚」と前書した、

水温むとも動くもののなかるべし　加藤楸邨

という一句である。昭和十五年、非常時下に、隠岐へ渡って作った作だ。後鳥羽院のかなしびといきどおりが、この句のモチーフにあり、同時に作者自身の時勢への痛憤の情も強

く刻まれている。

（ポスト　昭和五十三年三月）

春一番（はるいちばん）

気象用語で近ごろよく新聞にも見かけ、一般用語にもなって来たものに、スモッグとかフェーンとかいうのがある。少し古いが、寒波なんかも昔はなかった用語だった。

だが、春一番だけは、昔からあった言葉である。ある地方の漁村で古くから言われていたのが、さいきん注目され、標準語として登場してきた言葉なのである。

瀬戸内海や壱岐の島方面の漁民たちにとってはこれは日常用語であったらしい。民俗学者の宮本常一氏が採集してから、一般に普及してきた言葉だ。だが楠本憲吉君によると、山口県の俳句雑誌に「春一番」というのがあったというから、一部の俳人たちには、知られた言葉だった。

春さきの烈風は、日本人ならだれでも知っていたことだ。俳人は「春疾風（はるはやて）」などという言葉を作って、その現象を詠みこんでいた。だが、「春一番」という言葉には、如何（いか）にも春を呼ぶ風といった感じがある。その烈風で、寒い冬の気配はいっぺんに吹き飛んでしまうような勢いがある。南の風であり、「大南風（おおみなみ）」とも言い、雨を伴うことも多い。

　この風は漁民たちに大変恐れられている風である。だが、この風が吹きとおらないと、春はやって来ない。二月末か、三月初めごろやって来るようだ。つづいて、時をおいて、「春二番」「春三番」「春四番」とつづく。「春二番」が吹くと、やがて桜の花が咲きはじめるらしい。「春三番」が吹くと、一夜の嵐に花が散るということになろう。

　春さきに多い海難は、おおかたこの風にやられるのである。そのことを身にしみて知っている漁民や航海者たちであれば、この言葉を口にするとき、私たちの知らない敬虔（けいけん）な気持があると思う。面白い言葉だなぞと、興がっていられるのは、私たち陸上生活者だけである。

　この風はあたたかくて、湿気をふくんでいるから、じとじと汗ばみ、頭が痛くなることもある。西の方で「ようず」と言っているのも、これだろう。だが、この風が脊梁（せきりょう）山脈を越えると、高温で乾燥した風となり、よく大火の原因となるフェーン現象をおこす。なだれの原因ともなるから、登山家にとってもこわい風だ。雪を融（と）かし、日本海方面に雪しろを流し、洪水の原因もつくる。災害は、陸上でもおこるのである。

　だが、「春一番」という風は、そういった春の現象のなかの、特殊な、それこそ「この一つのもの」に名づけられた名なのである。人々に春の到来を強く意識させる、南よりの暴風なのである。早く来てほしいような、来てほしくないような風だ。

だが、季節現象というものは、どうじたばたしたって、避けられるものでない。「春一番」という言葉を知っているだけで、漁民たちは災害を未然に防ぐことができる。それが生活の知恵というものだ。そういった知恵にかけては、無謀な登山家たちは、まだまだ漁民たちの足もとにも及ばないらしい。

「春一番」が来たと言えば、それは漁民たちへの警鐘だった。この言葉が、若い登山家たちにも身にしみて感じられるようになったら、春山の事故はずっと少くなるだろう。私はこの言葉が、標準語に登場してきたことを、たいへん喜ぶべきことだと思っている。

雀らも春一番にのりて迅し　皆吉　爽雨
春一番狂へりわが胃また狂ふ　相馬　遷子
磯の鵜や春一番の波しぶき　車谷　弘

フェーン

昭和三十年十月はじめ、名月の日の東京は、なまぬるい南からの強風が吹いて、夜もむしむしと気持の悪い日であった。そのときちょうど、台風が九州一帯を荒したあと、三陸沖を東方へ向って通過していた。

すると翌日の夕刊は、新潟の大火を伝えた。私はすぐ「ダシにやられたな」と思った。ダシというのは、フェーンに名づけられた、たった一つの古来の日本語なのである。記事を読むと、フェーン現象だとある。

太平洋からの湿った南風が、表日本のわれわれを吹いているあいだは、気持のわるい風だぐらいでことはすむ。ところがその風が、脊梁山脈を越えるとき、冷却されて雨を降らせてしまい、北陸、出羽方面へ吹きおろすときは、すっかり乾ききった熱風となる。これがフェーン、つまりダシの風である。この風が幾日もつづくと、夜露もおりず、雑草は枯れ、作物には虫害がおこり、頭痛をもよおす人も多い。山の残雪を融かし、出水のもととなる。いわば、大きなドライヤーで風を送られているみたいなもので、強風だから、漁師や航海者には嫌がられるし、乾燥してもいるから、出火したらかならず大火になる。

このときの新潟の火事は、午後二時四十分に出火したという。ダシの風はまず山脈の鞍部、すなわちたお・たわなどと言われる低いところから吹きおろすが、そのとき大気の上昇によって作られた濃密な雲が、鞍部を越えて吹きおろす。そのダシ雲が現れると、やがてダシの風が吹き出すことになる。

新潟大火のとき、ある大新聞でフェーンを解説した記事に、それが山から吹きおろす風だとしたのはよかったが、やませも空ッ風もフェーンだと言っていたのは、大きな間違いだった。乾いた山おろしの風であることにおいては、関東の空ッ風と裏日本のダシの風とは同じだが、季節が違い、地域が違い、風位が違い、温度が違うのである。やませにしても、東北地方の冷害をもたらす風で、熱風ではない。ただし越後のある地域では、混同して使っているところもあるようだ。その他、山から吹きおろす風の名には、おろしがあり、ひかたがあり、さがかある。それぞれ性質に区別がある。

ダシは風位によって名づけられたものではない。柳田翁は、ダシはあいの風とは反対に、海岸線に直角に内地から沖へ吹く風である。あいが船の寄る風であるのに対して、ダシは船を出す風の意かと言い、また単に吹き出す風かと言っている。ダシの風についていちばん詳しく調べ、それがフェーンであると断じたのは関口武氏だが、氏は多くの風の名が船乗りか漁民たちによって名づけられたものであるのに対して、ダシは農民たちによって名づけられたものだと言っている。それはこの名が越後では海岸地方だけでなく、かなり深く内陸地方にまで知られているためで、それが農村の作物に深い関係を持つために、彼等の関心を得たからである。農民のつけた風の名を、漁民や船乗りたちも用いるようになり、それが主として裏日本の諸地方に伝播したと見ている。だから氏は、語原的にはダシは山から吹き出す風の名だと言っている。

どちらの推測が当っているか、私には断定的なことは言えない。だがこれが、裏日本でフェーンに名づけられた名前であることは、間違いはない。ただし、東海道や瀬戸内海でもダシの名は知られているが、これはフェーンとは関係なく、山から吹きおろす風であり、従って風位もおおかた北である。おそらく、日本海方面から、船人たちによって伝播されてきたものであろう。宮本常一氏によれば、瀬戸内海地方では、夕凪のあと、山の方から吹いてくる涼しい微風を、ダシと言っているようである。

裏日本で、ダシの風が、東北地方では東風であり、越後あたりでは東南風であり、若狭から山陰へかけては南風であることは、それぞれの地形によることとである。三、四月から十月ごろまで見られるが、山陰では春もっとも多い。

フェーン現象をいちおう説明しておこう。これはドイツ語 Föhn で、アルプス地方で言われた言葉である。湿った南風、または東南風、東風が、山腹を昇るにつれて雲ができ、雨を降らせるが、このとき「湿潤断熱変化」の法則で、一〇〇メートル昇るごとに〇・五度ずつ温度が下る。それが山頂を越えて下るときは、「乾燥断熱変化」の法則で、一〇〇メートル下るごとに温度は一度ずつ昇る。だから、もし始め一五度の湿った空気が、二〇〇〇メートルの山を越えるとき、山頂では五度になり、そのまま山麓へ下りたときは二五度になる。またこの場合、湿度は山頂で一〇〇パーセントでも、山麓へ着いたときは、三八パーセントになる。これがフェーン現象のおこる原理である。日本における最高気温は、これまで、昭和八年七月二十五日、山形で記録した四〇・八度であるが、これはフェーン現象によるものなのである（気象の事典による）。

藤原咲平博士は、フェーンに風炎という訳語をあてた。原音と風の性質とを生かしたうまい造語だが、博士は裏日本の人たちが、それをダシ、またはダシの風という名で呼んでいたことは知らなかったと思う。新潟大火のころから、新聞でもやたらにフェーン現象を書き立てるようになったから、今ではフェーンの語が一般化された。だが私は、昔からあるダシという日本語も忘れたくない。


フェーン吹いて北の国々春急ぐ　飯原　雲海

などという俳句も作られるようになったが、ダシを句に作った人はまだ知らない。数年前、越後へ行ったときそのことを言ったら、日ごろダシと言っていながら、それが季語になるという自覚は持っていなかったらしかった。

『図説俳句大歳時記』春の部に、春の季語として「風炎」が挙げてあった。なるほど三、四月ごろからフェーン現象は始まるが、夏を通して、秋十月ごろまで見られるのだから、私はこの書評を書いたとき、この決定に「待ったをかけておく」と言った。日本最高気温を記録した山形のフェーンは七月だし、新潟の大火は十月なのである。

「風炎」の解説を春の部に書いたのは、大野義輝氏だが、夏の部を見ると、宇田道隆氏が

「ダシ」の項の解説を書き、三谷一郎氏が「熱風」の解説を書いていて、どちらも実はフェーンなのである。私が待ったをかけるまでもなく、同じ歳時記の春の部の解説に、夏の部で待ったをかけている形になっていた。

東風（こち）

中年以上の人なら、東風と言えば菅公さんの歌を思い出すのが例である。

東風吹かば匂ひおこせよ梅の花あるじなしとて春を忘るな　（拾遺集）

配所の筑紫へ下るとき軒端の梅を見て詠んだ歌だというので、いっそう劇的な感慨をそそったのである。私の小学校時代の国定教科書にも出ていた。この歌が、東風という言葉の初出というわけではない。

万葉集に、

朝東風に堰（ゐで）こす波のよそ目にも逢はぬものから滝もとどろに　読人知らず

などという歌もある。

だが、菅公の歌で東風という言葉を覚えた私たちには、これが王朝時代の雅語であるという感じを、拭うことはできない。事実、東風は歌言葉として、ことに愛好されたのである。そして東風と言えば、春を告げる風、凍てを解く風、梅の花を開かせる風という感じが、固定してしまった。東風という言葉を口にしている都人士は、べつに日常語として言っているわけではなかった。口にするのは、やはり風雅意識を持っていた人たちばかりなのだ。

東風吹くと語りもぞ行く主(しゅう)と従者(ずさ)　炭　太祇

という句がある。「東風吹く」などと、雅語を口にしているところ、この主と従者は、和歌か連俳かのたしなみがあることを匂わせているのである。

だが、もともと東風が雅語、または歌言葉に過ぎなかったかどうか。たとえば、「卯の花腐(くた)し」とか「末黒(すぐろ)の薄(すすき)」とかいった言葉があるが、これらはもともと歌言葉なのである。常民の会話に現れたことは、まずなかったと言ってよい。だが、東風はそれと同じように考えることはできない。もともと地方の生活語だったものが、中央の貴族、文人たちのあいだに、始めは珍しさも手伝って使われ始め、それが何時か標準語のように見なされるに至ったのだと思う。方言や俚語がどしどし詩語・文学語として採用されるのは、国語が生気を取り戻し、生活から遊離したものとならないために、きわめて必要なことである。芭蕉が俗談平話を正すと言ったとき、やはりそのような文学上の理念があったと思う。

　東風という言葉を菅公が歌に作る前に、瀬戸内海あたりの漁民たちが久しくその言葉を使い馴れていた歴史があったと、考えるべきである。これはただの推測でも仮定でもない。そう考えなければ、今でも瀬戸内海の漁民たちに、生きた生活語として使われている理由が分らない。堂上貴族たちの用語が彼等のあいだに流れたと考えることはできない。もともと風の名を必要とし、風の方向、強弱、寒暖その他の性格を微細に言い分ける必要を持っているのは、貴族でも農民でもなく、船乗りや漁師たちなのである。貴族たちが風流気からその名を口にしているのに対して、彼等は生死を賭けた生活の知恵としてそれを口にするのである。

　万葉の無名作家が詠んだ朝東風は、まだ漁村の生活の匂いがどこかにただよっていたかも知れない。だが菅公が歌に用いたとき、この言葉にまつわりついていた漁村の潮の香やたくましい生活者の匂いは、すでに発散されてしまって、堂上貴族たちの弱々しい美的生活の雰囲気のなかに融けこんでしまった。常民の生活の必要が生み出した言葉が、貴族たちのただの風雅の言葉と化してしまっていた。

　今日、瀬戸内海沿岸を主として、各地で用いられているこの言葉の用例は、民俗学者たちによってかなり採集されている。ただし、東風とだけは言わず、かならず他の語と複合している。内海地方や四国地方で、雲雀(へばる)ごちというのは、雲雀が空に囀っているころのそよそよ吹く東風である。鰆(さわら)ごちは鰆の漁れるころの東風、梅ごち・桜ごちは、梅や桜の咲くころの東風である。春以外の季節の東風にも、土用東風、盆東風などの言葉がある。一般には春の前兆として喜ばれたが、海上生活者には、それが往々低気圧を伴い、暴風となることがあるので、歓迎されない風であったと、関口武氏は言っている。東風時化(こちしけ)という言葉もあるのである。

陸上と海上とは生活環境が違うのだから、違った感覚を持つのは当然のことである。だが、言葉がその持っている生活的基盤から引き離されて、文人墨客のもてあそびものになり、風流韻事としてしか意味がなくなったとき、その言葉の生命力はどうなるか。こういう言葉の運命というものを、東風という言葉は、私に考えさせてくれるたよりになるのである。

東風吹くや耳あらはるゝうなゐ髪　杉田　久女

夕東風や海の船ゐる隅田川　水原秋桜子

島に東風バス待ち刻の手打蕎麦　石川　桂郎

霞(かすみ)

霞というものは、気象学上では存在しないらしい。気象学では、視程一キロ以下のものを、霧ということに決めている。霧の薄いものが靄だという。霞というのは、たとえば遠い山に棚引いている薄雲を霞と言っているが、それは雲と同じものであり、その中にはいってしまえば霧だそうである。

厳密に科学的に言えば、そういうことになるのだろうが、大昔から霞という言葉があって、どういうものを霞と言うかは、誰にでも分っていた。霧と言えば深くたちこめるものだが、霞は字義通り、微(かす)かなものであり、ほのかなものである。ずっとやさしい気分のものである。

古くから、霞は春のもの、霧は秋のものとされていた。また、霞は夜分には言わず、夜の現象は「朧(おぼろ)」と言ってきた。ただし、万葉時代にはまだ季節的に言い分けていたわけでなく、

秋の田の穂の上に霧(き)らふ朝霞いづへの方にわが恋ひやまむ　磐之媛皇后

春山の霧にまどへる鶯もわれにまさりてもの思はめや　（柿本人麻呂歌集）

などと詠まれている。だが同時に、「霞立つ長き春日の」「霞立つ春日の霧れる」などと詠まれてもいて、「霞立つ」は春の枕詞のように感じ出されてきた。ということは、霞を春の景物として感じ出してきて、春と霞との関連が不可分のものになってきたことを物語るものだ。

ひさかたの天の香具山この夕べ霞たなびく春立つらしも　（柿本人麻呂歌集）

何といっても、これは名歌だと思う。句柄が大きく、のびのびとして、如何にも春の到来の喜びを述べた歌にふさわしい。春立つがはっきり立春の日を言っているかどうかは別として、新春の祝賀の意を籠めた歌であることは間違いなく、霞がたなびいたことと、春が来たこととに、密接な関連を発見しているのである。霞を春の景物とする季感が、既定の前提になっている点で、発想は実景そのままというより、概念的な要素を含んでいるというべきだろう。

この歌を本歌として、後世には多くの類型歌が作られた。どだい立春になって、暦の上で春になったからと言って、急に春霞が立ちはじめるものでなく、まだ暫くは余寒の日々がつづくのである。だが、春になったというと、春霞が立ちこめなければならぬ、あるいは、春霞が立ちこめなければ、春になったような気持がしない、といった感じを、次第に人々が持つようになったらしい。歴代の勅撰集を見ると、春になって山に霞がたなびくと

いう歌が、必ずと言ってもよいほど、冒頭のあたりに並べられている。それらの歌の中で、一番代表的なものは、新古今集の、

　ほのぼのと春こそ空に来にけらし天の香具山霞たなびく　　後鳥羽院

であろう。もっともこの歌が、万葉の歌からどの程度に新味を出しているか、疑問と言えば疑問である。

　春なれや名もなき山の朝がすみ　　松尾　芭蕉

　これは大和路の春である。万葉びとが、春霞の情趣を味わい取ったのも、大和盆地においてであった。春の大和路を歩くと、「たたなづく青垣」をなしていると詠まれた四方の山なみが、すべて霞にぼやけて、三山も二上(ふたかみ)も三輪山もうすい帳(とばり)に覆われ、すこし遠くからだと姿を隠してしまう。古代の日本人が発見した霞の情趣は、大和地方へ来てみると、なるほどと納得できるのである。

　平安京へ移ってからの人たちも、山城盆地で、東山・西山・北山を望みながら、同じ情趣を味わったと思う。大和、つづいて京都の地形が、日本人の春霞趣味を形作ったものらしい。それを日本全国の風雅に遊ぶ人士が模倣した。

　大川端庚申塚(こうしんづか)で、悪いことをしたあとで、お嬢吉三が見得を切る。「月も朧に白魚の篝(かがり)

も霞む春の空……。」めでたい春の景物を、頭に浮んでくるままに、むやみとつらねたようなものだ。朧月、白魚、霞と、春の景物を並べ立てて、いい気持になっているのである。節分の夜であり、そのとき上手で、あつらえ向きに厄払いが通り過ぎる。節分になったからと言って、急に霞んだり朧月が出たりするはずもないが、景気のいい言葉をつらねて、観客を春立つ気持にさそいこめばよいのである。

ついでに言うと、古くから「鐘霞む」という季題がある。面白い季題である。連歌時代から題として挙げてあるらしい。音にまで、霞むという形容をつけたのである。

山寺や撞そこなひの鐘霞む　与謝　蕪村

婆ゝがつく鐘もうつすり霞むかな　小林　一茶

鬚剃るや上野の鐘の霞む日に　正岡　子規

そう言えば、「鐘おぼろ」という季語もある。

末黒（すぐろ）の薄（すすき）

いろんな季語が、どうして季語として成立するに至ったか、考えると分らないことがたくさんある。これまでの歳時記では、江戸時代に出た季寄、歳時記類か、せいぜい室町時代の連歌作法書ぐらいまでを基にして、あれこれ異説を対照しているに過ぎない。だが、季語成立の歴史は、それよりずっと古くさかのぼるものである以上、室町・江戸の文献だけでは解決できないことが多いのだ。「花」という季語一つを取上げてみても、上古以来の生活伝承があり、古代人の生活感情を基にして季節感が成立し、そこから花に対する鑑賞的態度が分化してきているのを、跡づけることができる。

文献的に調べつくすことは、私には到底できないが、また文献のみに頼っていては、解決できないことも多い。私は季語の歴史の調査が、俳諧学者たちのあいだでも、その方法において、いまだに江戸時代の随筆家、考証家、雑学者の態度を、いくらも出ていないのを残念なことに思っている。

ここに挙げた「末黒の薄」というのは、私自身、まだ解決に到達していない季語の一つである。

これは普通、早春に野山の草を焼いたあとに、末の方が黒く焦げながら萌えている薄ということになっている。そんなことがあるかしらと思う。萌え出た芽が焼かれたら、おしまいではないか。薄の株が黒く焦げたあとから、萌え出た新芽というのなら分る。それが焼けたあとに残っている灰をかぶって、黒ずんでいることだってあるだろう。

ところでこの「すぐろ」という言葉を、今日の俳諧学者が、万葉以来歌に詠まれている言葉だと言っている。江戸時代の歳時記『滑稽雑談』（正徳三年、一七一三）に、万葉集の歌として、

　春山のせきのをすぐろに若菜摘む妹が白紐見らくしよしも　尾張連（をはりのむらじ）

という歌を挙げているからである。だがこれは、万葉がなで「開乃乎為里尒」とあるのを、「関乃乎為黒尒」と誤記したばかりに、誤読したものである。これは「さきのををりに」と訓む。江戸時代の歳時記の引用文をうっかり孫引きすると、とんだ間違いを犯すことになる。これが誤読だということになると、万葉集には「すぐろ」という用語例は一つもないことになるのだ。この季語の年輪を調べれば、それは万葉集まではさかのぼらないのである。

ところで『滑稽雑談』には、『堀河百首』（一一〇四）から次のような歌を挙げている。

　春山のせきのをすぐろかきわけてつめる若菜に淡雪ぞふる　藤原基俊

これも、群書類従本で調べてみると、「すぐろ小笹を」となっているのである。『堀河百首』にも異本があって、二様に記されているのかも知れない。「せきのをすぐろ」だと、万葉の歌の誤読、誤解が始まってから久しく、その誤読にもとづいて基俊は歌を詠んでい

ることになる。「すぐろ小笹を」だと、そんな誤解を伴わない。しかも、「すぐろ」という言葉は、薄の外に小笹にも言ったという、たしかな証拠を提出しているわけである。

「すぐろの薄」という言葉が始めて見える例は、後拾遺集（一〇八六）にある、

粟津野のすぐろの薄角ぐめば冬立ちなづむ駒ぞいばゆる　　権僧正静円

という例だろう。ほぼ同時に、曾丹集（曾禰好忠）にもあって、「すぐろ刈る」（夏の部）と詠んでいる。山焼・野焼をしたあとに萌え出た草なら、どうして夏に「すぐろ刈る」などと言えるのだろう。もっとも好忠は、突飛なことを詠みこんで、人を驚かす癖があったから、この場合もありそうでない事柄を詠んで、けむにまいたのかと思う。第一、「すぐろ」という言葉が、万葉の誤読に始まる、耳馴れない奇警な言葉だったろうから。

その他の用例を拾ってみると、「すぐろにまがふ甲斐の黒駒」とか、「下萌のすぐろをあらふ春雨」とか、「むさし野のすぐろが中の下わらび」とか詠んでいて、かならずしも薄と決ったわけではない。だから『滑稽雑談』に、「只すぐろとばかりは心得ねど」などと言っているのは、理由がないのである。また、「風渡る小田のすぐろ」という例があって、これは秋の歌なのである。春にも夏にも秋にも詠めるとなったら、いったい当時の作家たちは、「すぐろ」をどういう意味に取っていたのか。もともと誤読に始まった言葉だし、てんでに目茶苦茶に詠んでいたとしか思われない。

顕昭その他の平安時代の歌人たちが、いろいろ論じている言葉だから、当時においても、耳馴れない言葉だったのだろう。いろいろ使っているうちに、主として春の焼野に萌え出た薄その他の若草に使うようになってきたのだろう。だとすれば、「すぐろ」とは元来どういう意味だったのか。たずねるだけ野暮ということになる。「末黒」という字をあてて、どことなく、末の方が黒っぽくなっている感じに、傾いてきた言葉なのだろう。衒学臭を発揮してしまった。

春霞たちしは昨日いつのまに今日は山辺のすぐろ刈るらむ　曾禰好忠（曾丹集）
をがさ原焼野の薄角ぐめばすぐろにまがふ甲斐の黒駒　藤原俊成（夫木抄）
下萌のすぐろをあらふ春雨に焼野の薄くきだちにけり　信実朝臣（同）
むさし野の末黒が中の下わらびまだうら若し紫のちり　権中納言長方（同）
風渡る小田のすぐろの常磐木に秋をきかするもずの声かな　民部卿為家（同）

俳句の例。

暁の雨やすぐろの薄はら　与謝蕪村
すぐろ野を越え来し仏かぐろしや　角川源義

風葬のまぼろし末黒野の鴉　鷹羽狩行

若草

野草の名の多くが、子供によって名を与えられたものであることは、柳田国男翁が『野草雑記』に、いろいろの例を挙げて説いていられる。そしてその名のつけ方が、はなはだウイットに富んでいることは、微笑ましいばかりである。マンジュシャケを狐の剃刀、カタバミを雀の袴、ウツボグサを猫の枕、スギナを馬の砂糖などと、動物の名を冠していることも面白い。狐の剃刀というのは、もちろんその葉の形から来たのだが、昔の子供はさかやきを剃られて痛いことを覚えているので、剃刀というものに関心が深かったし、またこの植物の繁茂するところが、多くは淋しい、気味の悪いところだったので、狐という名をつけたのだろうと、翁は想像していられる。

こういう素朴な命名法を見ても、いかに子供の想像力が生き生きと働いているかを想像することができる。たまたまマンジュシャケなどといういかめしい名が、標準語として存在しているから、狐の剃刀などという名は方言だとして軽く見られがちだが、標準になる名前がそれまでになければ、子供らしい名でも標準語として採択されるのである。猫ジャラシ、犬フグリ、蛇イチゴ、雀ノヒエ、牛ノシッペイ、タンポポなどは、植物図鑑などにもちゃんと登録されて、通名となっている。通名というのは、ラテン語の学名ではないが、学者たちが決った呼び名として登録したもの。通名は犬タデだが、一般には子供がつけた赤まま、赤のまんまなどの名で親しまれているのもある。一方、植物学者がつけたシロバナミヤマムラサキ、ナガボノアカワレモコウなど、舌を噛みそうな長ったらしい名前が、やたらに幅を利かせている。その草の性質をすべて名前に織りこもうとしている感じである。これらの中には、子供がつけた、そのものずばりのウイットに富んだ無邪気な名前がせっかくあるのに、学者が勝手につけた気のきかない名前が大手をふって通用しているのも、多いに違いない。

利用価値のない野草が、生活とかかわりあいを持っているのは、農村や郊外の子供たちだけだろう。それらの野草は、子供たちにとって印象ぶかい形や色を持っているというだけでなく、いろんな遊戯に利用されもするからである。野の草に対するイメージが豊かで、それらの子供たちと、われわれ大人とでは違う。子供の方が、野の草に対する感受性は、それら大人たち、ことに都会の大人たちになると、何の注目も惹かず、見過ごしてしまうことが多い。道ばたにヨモギがむらがって生えて来たのを見ても、われわれは長いあいだ待ち望んだ春がやっと足もとにやって来たという気持で、それを感じ取ることがなくなった。少くともその感じが、非常ににぶくなった。

季題とか季語とか言われるものを見ても、われわれ現代人と昔の人とでは、感じが非常に違ってきている。これは生活が違ってきたのだから、仕方のないことだが、一面から言えば、感性の頽廃（たいはい）と言うべきである。われわれはもう、詩を作ったり十分味わったりするためには、あまりにも荒れはてた風土に棲（す）んでいるのではないかということを、考えざるをえなくなるのだ。

おもしろき野をばな焼きそ旧草（ふるくさ）に新草まじり生ひば生ふるかに

これは万葉集の東歌中の一首だが、春の若草にも、古代の人たちは生活にねざした豊かな連想を持っていたらしいのである。「おもしろき」とは、今の面白いということではなく、「なじみ深い」ということらしい。野の旧草や新草と言えば、すぐ自分たちの生活上の、ある楽しいことを連想させるような、なじみ深さがあるのだ。この歌からは、現在のわれわれには、恋愛的な気分を十分汲（く）み取ることはむずかしいが、この歌の変化した形と思われる伊勢物語の次の歌などは、若草にからまる恋愛的な気分が、濃厚に出ている。

武蔵野は今日はな焼きそわかくさのつまも籠れりわれも籠れり

この場合、「わかくさの」は妻の枕詞だが、東歌に「旧草に新草まじり」とある印象が、形を変えて残っているものと見ていい。若草を見れば、その柔かい感触が思われ、そこに臥して語らった想い出が導き出され、またその草がもう一度伸びたころの、楽しかるべき期待をも呼び起してくるのだ。野山の草を焼くのは、春になってからであり、春になれば、野山での男女の語らいが、祭事に附随して行われたらしい。「野をばな焼きそ」というのは、もともと神の標野(しめの)を焼くときの呪詞であったのが、それが断片化し、時代の生活に合理化されて、こういう民謡のなかに残っているのだろうと、釈迢空は言っている。するとこれは、祭事にもとづく叙事詞章の一断片として、残った歌だということになろう。

わかくさの新手枕をまきそめて夜をや隔てむにくからなくに　読人知らず（万葉集）

新草とか若草とか言っても、われわれにはとても、これだけの連想は起って来ない。今日、野合などという言葉には、いやな感じがつきまとっているが、昔の新草、旧草、若草は、若い男女たちにすこぶる牧歌的な臥所(ふしど)を提供したものであったらしい。では、今日、皇居前広場や、日比谷公園や、神宮外苑などを、アヴェックで歩く若い男女たちには、春の草と言えば、古代人が持ったこのような健康な恋愛情緒が、復活して来ていると言えるのだろうか。だが私は、若い彼等に、芝生の草の柔かさやなじみ深さを、たずねてみたことはないのである。

若草や八瀬の山家は小雨降る　高浜　虚子
若草にやうやく午後の影多く　山口　誓子

たんぽぽ

私が東京に住むようになって、不満なものの一つに、黄色いタンポポがある。色があまりに黄色すぎて、趣きに乏しいのである。こんなことを言うと、タンポポは黄色いものに決っているではないか、と言われるかも知れない。だが、私の生れた長崎では、タンポポはもっと白っぽい色をしていて、花がもっと大きかった。

長崎のタンポポは白っぽい、と言うと、それを見たことのない妻や娘たちは、笑うのである。黄色に決っているものが白いなどとは、はなはだけったいなことであるらしい。だが、それでは私たちは、タンポポは白いと思っていたかというと、そうではなく、やはり黄色と思っていたのである。黄色の色調の違いである。

牧野植物図鑑を見ると、タンポポ、一名アズマタンポポ（今はカントウタンポポなどと言っているらしい）の外に、シロバナタンポポというのがあり、頂端に白色の頭状花を着く、四国九州地方にては皆この種のみを見る処あり、と書いてある。すると私が幼年時代から親しんでいたのは、このシロバナタンポポなのである。

だが、誰もこんな学者のつけた通名などで呼びやしないし、九州生れの私たちにとっては、それがタンポポなのである。そして、同時に私たちに、それは白いとは意識されていず、やはりタンポポの花は黄色いと思っているのだ。

九州の子供たちに、誰かがそれはシロバナタンポポだと言ったら、彼等は大いに不服そうな顔をするであろう。彼等が黄色いと思っている花を、白いという大人の色彩感覚に、軽蔑を感ずるだろう。

微妙な色の感じを、ここで説明するのはむずかしい。それは白というより、チチバナの名にふさわしく、クリームに近い乳白色で、芯の部分になるに従って、ぼかしたように、次第に黄色味を濃くして行く。花の中心部は、だからまさしく黄色なのである。私の感じでは、頭状花がやや大きい円形をなし、色彩の変化もあって、豊かな感じである。

タンポポの俳句では、

蒲公英のかたさや海の日も一輪　　中村草田男

という句が、強く印象に残っている。犬吠埼（いぬぼうさき）で作った句で、もちろん普通のタンポポの方である。地に張りついて咲いているその感じを「かたさ」として捕え、花の黄色と海の日の黄色とを対照し、海の日もタンポポと同じく一輪と言ったところが、はなはだ巧みである。タンポポと太陽、あるいはタンポポの色の暖さについては、

たんぽぽや一天玉の如くなり　松本たかし
たんぽぽや日はいつまでも大空に　中村　汀女
あたたかくたんぽぽの花茎の上　長谷川素逝

などと、それぞれ面白く言い取っているが、やはり草田男の一句が、きわだって個性がはっきりしている。

タンポポは如何にも春の暖い太陽を受けて開いたという感じがするが、この花と日との対比の上では、アズマタンポポよりもシロバナタンポポの方が、より似つかわしいと思う。強いて言い現してみれば、前者は既成の黄色に彩られており、後者は太陽の光を吸収して、吸収力の強い芯の方から色付いてきた、といった感じなのである。太陽を白日と言うこともあり、真昼を白昼とも言う。日は決してなみの黄色ではないのだ。

だが、あれほど春の到来を思わせる代表的な春の野の花が、どうして万葉集には歌われていないのだろう。スミレはまさしく歌われているが、タンポポは一首もない。では、昔は何と呼んでいたのだろう。倭名抄にはフジナ、またタナという。とある。菜、つまり食用

野草として認められていたわけで、東北で嫩葉（わかば）を食用とするときにかぎって、クジナと言っているのは、フジナに近い。千葉県でニガナというのは、味が苦いところから来ている。つまり、昔はタンポポの可憐な美しさを鑑賞する者など、いなかったし、それはもっぱら、食用になる菜であった。スミレの美しさが、赤人に一夜の野宿をさせたことに較（くら）べて、タンポポは食べられるばかりに、文芸の上では割の悪い役割にまわった。

柳田国男翁がタンポポの名について、興味深い考証をしていられる。タンポポという名前が行われている区域は案外に狭く、今日のようにそれが標準語となったのは、あるいは京都の子供の力ではなかったか、という。フジナ、クジナ、ニガナのたぐいは、もちろん大人がつけた名だが、タンポポとか、マンゴマンゴとか、ピーピーバナとか、ガンモモとか、テテポポとかいった、ユーモラスな名前は、すべて子供の発明にかかるのである。

蒲公英や風の手でもむ鼓草　重頼
七草にあはでさかりや鼓草　何処

という古句があるが、ツヅミグサとも言うのは、形が似ているからである。そのツヅミグサを、村の悪童たちがタンポポと言ったのは、鼓の音を現したのだという。村の祭や三河万歳などの印象から来ていよう。これが子供のウイットなのである。

野草に子供が名をつけるのは、多くは彼等の遊戯に用いられる場合である。今日のように、あらゆる玩具にめぐまれていない昔の子供たちは、自然のものを利用して、自分たちの遊びを創り出した。その遊び方を幾種類も柳田翁は挙げているが、もう私どもの子供時代には、そんなタンポポで遊んだ記憶はない。玩具が氾濫して、それだけ児童が自然から遠ざかることになってしまった。

黄色い花

娘の中学時代に、生物の先生が、春咲く黄色い花を五つ挙げよ、という試験問題を出したことがある。しゃれた問題を出す先生だと思った。

三原色の中でも、黄色は、なにかやわらかくて暖い感じを与える。恵みの色と言ってもよい。太陽の恩恵を感じさせるのかも知れない。赤は燃えるような暑さだし、青は涼しすぎ、よそよそしすぎる。黄色こそ、春の色と言えるかも知れない。

娘は五つの名前を全部挙げることはできなかったらしい。学校へ行く道に、サンシュユの花が満開に咲いていたのに、それも忘れてしまったらしい。

私もこころみに名前を挙げてみた。タンポポ、ナタネ、シャンギク、オウバイ、サンシュユ、レンギョウ、トサミズキ、ミツマタ、キズイセン、ヤマブキ、マンサク、キンポウゲ、キツネノボタン、ホウコグサ、その他、チューリップやヒヤシンスにも美しい黄色のものがあるし、パンジーの三色は、黄と紫と白である。エニシダになると、もう五月、初夏である。

春には黄色い花が多い。ウメやサクラなどを中心に春を考えていると、これだけ黄色い花があることを、ともすれば忘れがちである。

山茱萸（さんしゅゆ）にけぶるや雨も黄となんぬ　水原秋桜子

の句は、黄色にまみれているような感じを、よく捕えている。

べたべたに田も菜の花も照りみだる　同

になると、晩春になって、日ざしもだいぶきつくなったころである。

連翹（れんげう）や真間の里びと垣を結はず　同

秋桜子さんは、どうも黄色い花がたいへんお好きらしい。

連翹のまぶしき春のうれひかな　久保田万太郎

まぶしいと言っても、あまり激しくないまぶしさ、ほのかな春愁というほどのものである。

三椏(みつまた)のはなやぎ咲けるうららかな　芝　不器男

雨やさし三椏三つに咲くことも　安住　敦

製紙原料になるような実用的な木なのに、それにしてははなやかな花が咲く。だが、そのはなやぎにも、どこかつつましいやさしさがある。この木は黄瑞香という漢名を持っている。

ところで、古来日本語には、色を現す形容詞がきわめて乏しい。そのことがただちに、日本人の色彩感覚の貧しさを示しているとは思わない。だが日本語の形容詞の貧しさを示していることは明らかだと思う。白い、黒い、の外には、赤い、青いしかないのである。緑とか紫とか樺とか藍とか紺とか茶とかだいだいとかくれないとか茜とかいった色の名は、形容詞にはならない。万葉時代以来のことで、その後わずかに、黄色いが形容詞の仲間に加えられた。三原色が辛うじて、形容詞として揃ったわけである。

だが、色名帳を見ると、日本人は色の微妙な違いに一々名をつけて、言い分けていることに驚くのである。臙脂(えんじ)、朽葉(くちば)、錆朱(さびしゅ)、青磁(せいじ)・浅葱(あさぎ)・朱鷺(とき)・鶯・くちなし・紫紺(しこん)・江戸紫など。多くは染織技術の発達から来ている。日本人はけばけばしい原色を好まない。中間色に対する好みが、よほど外国人より強く、その色彩感覚をみがいてきた。温和な風土が、好みを支配したのだろう。

近ごろは、グレイとかグリーンとかブルーとかピンクとかいった言葉が、しきりに使われる。この程度の色の名が日本語にないわけではない。高級でモダーンでムードがあるような感じがするのであろう。

コバルトというと、自然の空色より、やはり油絵具の空色を思い出してしまう。

夜の梅

といっても、羊羹の名ではない。もちろん夜の梅と名づけられた羊羹は、闇中に咲く梅の花の模様を写したものである。粒の大きな小豆、たぶん大納言というのであろう。それが粒のまま、羊羹の中にちりばめられている。切り口に当ると、豆の中の胚珠の部分が、うす白い潤みを帯びて見える。その趣きが、如何にも夜の梅、あるいは闇の梅というにふさわしい。

その名のもとは、古今集の歌に出ている。

はるの夜むめの花をよめる　　　　みつね

春の夜のやみはあやなし梅の花色こそみえね香やはかくるる　（巻一、春歌上、四一）

この「色こそ見えね香やは隠るる」というのを、夜の梅としていたく興じたのである。それは古今集時代の歌人たちの美意識が、非常に繊細になって来たことを物語っている。「色をも香をも知る人ぞ知る」（紀友則、三八）ともいうが、色は万葉の昔からたたえていたのだから、この時代の特色は香りの珍重である。嗅覚（きゅうかく）の働きが微妙になってきた。色よりも梅の香が妙なるものと賞されるようになると、むしろ色は見えない夜の梅の香りが、暗中に浮動するのを、いっそうたたえるようになった。その主張が、躬恒（みつね）のこの歌なのである。「暗香浮動月黄昏」（林逋詩）の詩句が影響していよう。

窪田空穂がこの歌に二様の意味を汲（く）み取った。表面の意味の外に、母が守る深窓の娘の、姿こそ隠されていても、その魅力は隠れようか、という意があるものと解した。闇は梅の花を心あって隠しているものと取り、擬人だとした。何か艶なる情緒のただよう歌だが、そこまで取った方がいいかどうか。もっとも、そのころの貴族、女房たちは、衣に薫物（たきもの）の香を染ませる風習があったから、梅の香にも上臈（じょうろう）の連想が伴った。次の歌など、その代表である。

色よりも香こそあはれと思ほゆれ誰が袖ふれし宿の梅ぞも　　よみ人しらず

（古今集、三三）

誰が袖屏風（びょうぶ）の画題は、この歌にもとづくのである。

「色よりも香こそあはれ」とは、当時の嗅覚族の美意識の端的な宣言であった。梅が香をもっとも純粋に鑑賞するなら、色を消すに及（し）くはない。闇夜の梅が歌題となる所以（ゆえん）だが、月夜の梅も、白い花の色が月光にまぎれて見えなくなると、同じく躬恒が歌っている。だがやはり、闇夜の梅の方に、歌よみたちの人気は集まった。もっとも闇夜の梅といっても、あの羊羹のように、ほの白く見えるところがいっそうよいのだと、ますます美意識をとがらせた後世の鑑賞家は主張するのである。

寝ぐるしき窓の細目や闇の梅　　川井　乙州（をとくに）

夜の畦を偃（は）ふ梅ありて行きがたし　　水原秋桜子

藪の面に吹かれて夜の梅となる　　軽部烏頭子

（ポスト　昭和五十三年二月）

椿

椿は昔から、春のさきがけの花とされていた。万葉集にツバキとあるのは、藪椿とか、山茶花とか、いろんな説がある。どちらも日本に自生していた花だし、これらをひっくるめてツバキと言ったのかもしれない。

山人が山から里へ、椿の枝を持って出てきて、春のことぶれをする。大和や豊後に残っている海石榴市という市の名は、その面影を残しているのだ。だから古代の日本人の生活では、早春を代表する花と言えば、まず椿が考えられたことがあった。万葉集にはずいぶん椿の歌がある。

巨勢山のつらつら椿つらつらに見つつ偲はな巨勢の春野を　坂門人足

ずらりと列りあった椿を「つらつら椿」と言った。大和の南葛城郡の巨勢へ越える道が巨勢山で、その途中に見る椿の、咲き列った美しさが、当時たいへん印象的だったのである。「つらつら椿」という言葉に、それをたたえた気持はよく現れているわけで、「つらつらに」（つくづくとという意味）という言葉を言うために、決って、「つらつら椿」と言うようになった。その軽快な口調がよろこばれたのだ。

奥山の八峰(やつを)の椿つばらかに今日は暮さね丈夫(ますらを)のとも　大伴家持

これは越中で詠んだ歌だ。「奥山の八峰の椿」というのも、美しいイメージを持っている。それを序歌にして、「つ」の頭韻を重ねて、「つばらかに」（心をつくして）と言い出しているのだ。宴会の歌だから、客に対して、十分に心をのばして歓を尽して下さいと言いかけているのである。

これは北陸での歌だから、この椿はユキツバキだろうとも言っている。東北や北陸、山陰の山には、ヤブツバキは咲かない。雪の中に、雪をしのいで真紅の花を咲かせるのが美しいのである。だが、この歌は陰暦三月三日に詠んだ歌だし、雪中の印象とまでは言う必要はない。

椿というと山の椿を詠んでいるから、園芸種の椿は、そのころはもちろんなかったのである。俳句になると庭前の落椿の情趣がよく詠まれている。

落ちざまに水こぼしけり落椿　松尾　芭蕉
椿落ちて昨日の雨をこぼしけり　与謝　蕪村
赤い椿白い椿と落ちにけり　河東碧梧桐
花(はな)瓣(びら)の肉やはらかに落椿　飯田　蛇笏

ポタリと地に落ちたまま鮮かな色を失っていないのが美しいのだ。寒をしのいで早咲きするので、とくに寒椿とも言っている。

寒椿つひに一日の懐手(ふところで)　石田波郷

南国、ことに全山がツバキの伊豆大島は、早咲きの美しさで有名だ。

南(みんなみ)の海湧き立てり椿山　松本たかし

茶人の喜ぶ侘助(わびすけ)も、冬咲きの種類だ。朝鮮出兵のとき、加藤清正が持って帰ったという伝説があり、その侘びた姿が、一輪ざしとして茶人たちに愛好されたのである。

侘助のひとつの花の日数かな　阿波野青畝

（花椿　昭和三十八年三月）

桜鯛(さくらだい)

中国の蘇州や杭州では、淡水産の魚料理を自慢にしている。北京で鴨や羊を自慢にしているのに対して、草魚や蟹がうまいとされる。西湖のほとりで、すくい網でしきりに魚を捕っている人を見たが、それは草魚の幼魚が、むらがって岸辺に寄ってくるのをすくっているのであった。

杭州でこの草魚を食べたが、それは中国で食べた、いちばん生に近い料理法の魚だった。と言っても、それは熱湯をかけたもので、中身がまっ白になっている。それに野菜やキノコ（シャンピニオンであった）などを入れた、どろっとした汁をかける。

「この魚は身がやわらかくておいしいです」

と言って、私たちはすすめられた。

このときほど中国人と日本人との、魚に対する味覚の相違を感じたことはない。魚の身がやわらかいと言って賞美する日本人は、病人や老人は別として、まずいないだろう。身がしまっていておいしい、という味覚は、日本人だけのものであろうか。

日本で、身がやわらかくて、淡泊で、病人にも食べられる魚と言ったら、カレイやヒラメだろう。だがカレイやヒラメにしても、鮮度が高く、刺身にしても身がしまっていて、煮てもぽっこりと煮上るものが、おいしいにきまっている。江南地方の草魚は、流れのない湖水（沼に近い）の魚であるから、身のしまりようはないらしい。私は草魚の御馳走になりながら、失礼な話だが、しきりに日本の鯛を思っていた。

八十八夜になると、鞆の鯛網が始まる。私は八十八夜のころになると、瀬戸内海では鯛網が始まっているだろうなと、何時も思う。私はまだ、鯛網を見たことがない。だがこのころになると、鯛の浜焼を送って下さる方がある。

鯛網より一度見てみたいのは、鳥持網代だ。瀬戸内海の豊島・斎島あたりで、鯛の好餌になっているイカナゴが群をなして浮上ると、空から俗に平家鳥と言われているアビとかオオハムとかいう海洋鳥が舞いおりて来て、イカナゴにおそいかかる。イカナゴが驚いて底へ逃げようとすると、鯛の群がこれをねらう。イカナゴにとっては、前門の虎、後門の狼である。両方からねらわれて、イカナゴが浮きつ沈みつすると、それに釣られて鯛が浮上ってくる。だから漁師は、アビの群を見つけるとその下には鯛ありと見定めて船を出す。四つ巴の合戦である。

もう一つ、浮鯛という現象がある。来島海峡の浅瀬を走る潮はものすごいものだが、産卵のため外海から乗っこんできた鯛が、水圧の急激な変化からウキブクロを調節することができなくなって、その中のガスがにわかに膨脹するものだから、腹がふくれたまま浮上る。これも瀬戸内海の奇観の一つで、漁師はそれをすくい取るのである。

産卵のために、鯛その他サワラ・ブリなどの魚が、乗っこんできて集合する場所を、魚島と言っている。だが、その捕れる時期についても言ってるようだし、豊漁期の鯛の市についても言うようだ。

近ごろは東京でも、関西料理を看板にしている料理屋で、飛行便で送ってきた明石鯛の刺身を食べることができる。潮の流れの激しい水道を乗っこんできた鯛がいちばん身がしまってうまいのだという。多分そうであろう。瀬戸内海の鯛は、どこからはいってくるにしても、水道を抜けてこなければならない。中でもいちばん潮の落差の激しいのが阿波の鳴門だから、ここを乗っこんできた鳴門鯛を自慢するのも当然だろうし、その上さらに、明石海峡をも通過したのが明石鯛だとすると、いっそう自慢したくなるのも道理であろう。広島湾でも、清盛が切り開いたという音戸（おんど）の瀬戸を乗っこんできたのが、いちばんうまいと言っている。東京湾でも、三浦水道を乗っこんできて、うまくなる理窟だろう。

瀬戸うちの魚は飽食しているはずの河上徹太郎氏が、教えてくれたことがある。鯛のよしあしは、尾鰭のつけねの細くなった部分を持ってみれば分るのだと。なるほど、早い流れにさからって乗っこんでくると、鰭のつけねの筋肉が極度に緊（しま）ってくるだろうから、その部分の厚みやしまり具合を見れば、その良否を判別できるのだろう。脂ののった「砂ずり」の部分も、腹鰭のあたりだから、うまいのだろう。

桜鯛とか、花見鯛とか言っているが、本当の時期は、遅桜も散ってしまった八十八夜以後で、名前と時期とに、ちょっとずれがあるようだ。だが、あの色彩の美しさは、桜鯛の名にふさわしい。本当の色は、桜色にすこし黒紫がかった、しぶい落着いた色である。それが真鯛、また本鯛と言われる本当の鯛である。もっと派手に鮮かに紅いのは、血鯛や黄鯛だ。

瀬戸内海の鯛がいちばんうまいとされ、こと鯛に関するかぎり、東京は自慢するわけには行かない。だが、魚は鮮度が第一だから、東京で食べるなら、近海の鯛をいちばんうまいとしなければならぬ。どこそこの何々がうまいとよく言われるが、日本全国の魚を、その土地に、シュンの時節に行って味わった上で比較するのでなければ、断定的なことは言えるはずがない。だから私は、東京で食べる魚は、近海物であれば一番うまいのだと思っている。鮮度の問題である。飛行便で運んでまでして、関西の鯛を食べたいとは思わない。

私は少年時代を長崎で過ごした。母方の親戚のお婆さんが金沢から来て、私の家に居ついていた。が、何時も、

「長崎の鯛はあじないい」

と言っていた。「まずい」ということである。北国の鯛の味がよほど自慢だったのである。だが私は、これは半分はお国自慢だったと思っている。長崎人は東京へ来ると、よく東京の魚のまずいことを言う。長崎は有数の海産国だから、市民の毎日の食膳にも、鮮度の高い魚が行きわたる。東京では、近海物の新しい魚を御惣菜に食べることは、贅沢（ぜいたく）なのであ

る。

シュンを豊産の時期でなく、味季だとすれば、鯛のシュンは桜鯛の季節より、寒中かも知れない。寒中には鯛は深みへ落ちて、いちばん脂がのってくるようだ。だが、外房の鯛の浦の鯛は、どうしていつもあんな浅いところにいるのか、不思議でならない。私の行ったのは秋の終りで、餌をまいて船頭が舟端をたたくと、見事なやつがたくさん浮いてきた。海の色を透して、青味がかって見え、美しかった。驚喜した娘が手を水中に入れようとすると、あわてて船頭にとめられた。鯛の歯は鋭いから、指に嚙みつかれたら、えらい目にあう、というのである。だが、こんな内海にばかりいる鯛だから、もし食べてみたら、味は劣るだろうと思う。

『細雪』の幸子が、夫に何がいちばん好きな食物かと聞かれて、「鯛やわ」と答えるところがある。平凡な答えだが、それが日本人の真の贅沢の美学であろう。大阪船場の生れである彼女には、それも明石鯛でなければならない。花なら桜、それも平安神宮の紅枝垂(べにしだれ)でなければならない。歴史的偉人は豊太閤、女では淀君、役者は菊五郎、山は富士山、季節は春。鯛をたたえるほど、日本人にとって月並なことはないのだが、また同時に、いろんな魚を食べ味わってみても、けっきょく最後に行き着くのは、「鯛やわ」ということになるのであろう。

桜鯛かなしき眼玉くはれけり　　川端　茅舎
桜鯛料る尾が飛び鱗散り　　松本たかし
桜鯛到来草の戸にあふれ　　山口　青邨

魚鳥の季節

スシ屋やテンプラ屋へ行くと、きまってそこの親父から魚についての知識を仕入れる。歳時記の編纂などということが頭にあると、ことに魚の季節について、くどいほど質問を発するのである。おかげで私の歳時記には、これまで記載されてなかった魚の季語が、いろいろと登場することとなった。

これまでの歳時記には、魚と鳥との分類が、至極いい加減である。鳴禽類は囀りの季節をはずして季を定めるのも、どうかと思われるが、魚もシュンをはずして季を定めるのも、変なものである。だが囀りやシュンだけで、季節を定めるわけにもいかない。小鳥が人里へ出没するようになる季節と囀りの季節とは、必ずしも――否、全くと言っていいほど、一致しない。魚もまた、豊漁季と味季とは一致しないことが多い。

小鳥が人里に現れるのは、山にエサが乏しくなった秋・冬のころだが、囀りがきかれるのは、蕃殖期の春・夏である。水原秋桜子氏などは、夏になると山へよく探鳥行に出かけて野鳥の句をつくる。中西悟堂氏が野鳥趣味を普及させて以来のことで、故山谷春潮に『野鳥歳時記』という本もあり、今ではごく特殊なものを除き、たいていの野鳥は句に詠まれている。尾崎喜八氏なども、野鳥のすぐれた観察家であり、秋桜子門下の俳人たちの野鳥の句について、中々てきびしい批判を持っていられる。私がいただいた書信にも、歳時記の例句について、あれは習性をまちがえているとか、あれは大瑠璃と瑠璃鶲(びたき)とまちがえたのではないのかとか、いろいろ書いてあった。功を急いでのそういった誤りも、野鳥俳句の作者には、ままあるであろう。

鳥に比べて、魚になると、季節の詩人である俳人たちにも、まだあまり開拓されていない。カツオやハゼやサンマやアユやありふれたものばかりである。日常食卓に上る魚、魚屋の店にならぶ魚についての知識が、やはり乏しいのである。テンプラ種のギンポやメゴチ、鮨種のカンパチ、シマアジなどは、まだ俳人に詠まれたことがない。マナガツオ、エボダイ、ハタ、カワハギ、アイナメ、カナガラシなども同様である。

「しゅん」という言葉を字引で引いたら、「魚介・野菜等の最も味のよい出盛りの時季」(辞海)と書いてある。だが、魚については、「最も味のよい時季」と「出盛りの時季」とは必ずしも一致しないから、この説明はあやしい。サンマなどは一致しているが、タイは出盛りの桜鯛の季節が、もっとも味がよい季節ではない。イシナギなどという魚は、豊漁季がもっともまずく、まずい夏の季節にカジキの代用として東京人の食膳に上るので、醜名をさらしている。豊漁季と味季と、両方をにらみ合せて、魚の季節は考えなければならない。「しゅん」という言葉のもとは、「旬」であろうが、私はハゲ天主人の意見に従って、「味季」という言葉を当てている。

（三田文学　昭和三十一年七月）

春暁・春昼

春暁・春昼とは言うが、夏暁・夏昼とは言わない。秋・冬も同様だ。語呂の悪さからでもあるが、その言葉が情緒を持っているかどうかにもよる。春曙も同様。そう言えば、「春眠、暁を覚えず」の春眠はいい言葉だが、夏眠・秋眠は熟していない。冬眠というのは、生物学上の用語で新しい。まれに夏眠をむさぼる動物、ヤマネのごときものがあって、生物学者は夏眠とも言っているようだが、これは一般化されていない。

春の早暁の情趣の発見者は、清少納言であろう。少くとも彼女の、枕草子冒頭の一文によって、それは万人の胸奥に沁みこんだ。彼女は春の曙と同時に、「夏の夜」「秋の夕暮」「冬の早朝」について言っているのだが、これらの時分の情緒については、とくに顕著に清少納言の言葉を思い出すわけではない。

「春は曙。やうやう白くなり行く。山ぎはすこしあかりて、紫だちたる雲の細くたなびきたる。」これだけの短文に過ぎない。私のこの引用の句読の切り方は、普通と違っている。普通は「白くなり行く山ぎは」と続けて読んでいる。ようよう白くなってきた山ぎわが少しあかるんで、とは重複であり、ずいぶん冗長な、清少納言らしからぬ表現である。私のように読んだ場合、「行く」は「たる」と同じく、連体形で終止しているものと思っていただきたい。「春は曙」と言って、その曙の時分の景色を、ややこまかに説明し、つづいて、山ぎわの雲の趣きに叙述を移しているのである。

「あかつき」は古くは「あかとき」である。伊勢の斎宮であった大伯皇女が、ひそかに逢いに来た弟の大津皇子を大和へ立たせるとき、

わがせこを大倭へ遣るとさ夜更けてあかとき露にわが立ち濡れし　（万葉集）

と詠んでいる。後世のわれわれから見ると、「さ夜更けて、あかとき露に」という語句の続きが、やや異様に聞える。夜更けと暁とには、われわれの語感では、時間的なずれがあ

るからである。

だが「あかとき」には、鶏鳴・五更などの字が当ててあって、午前二時ないし四時ごろである。一番鶏がときを作る時刻である。だが、午前三時と言えば、草木も眠る丑満時だ。短夜の夏の夜なら、午前四時ごろ、ようやく空が白くなってくる。だから夜の更けきったころが「あかとき」「あかつき」である。「さ夜更けてあかとき」という表現は、少しも矛盾でない。

文明が進歩してくるとともに、人間が夜ふかしの朝寝坊になったことは事実だろう。夜が明るくなったのに馴れた私たちは、昔の人ほど、太陽の光を有難がらなくなった。「春はあけぼの」などというが、私はもう長い年月、春のあけぼのの情趣など味わったことがない。「春眠、暁を覚えず」の方の種族に属する。「暁起き」という言葉があるが、昔の人にはそれはごく普通のことだったろう。

まだ暗い「あかつき」の時刻が過ぎて、ほのぼの明けになって「あけぼの」であり、会明という字を当てる。東雲とも言う。それが過ぎて、早朝となる。早朝になると、もう一日の業務は始まっているのである。

夜更けから、ようよう白くなって来て、明けはなたれるまでの時刻を、昔の人はこのように微細に区別した。朝寝坊のわれわれには、思いもつかないことである。

春暁のあまたの瀬音村をいづ　飯田　龍太
春暁のものの香にある机かな　森　澄雄
春昼の指とゞまれば琴も止む　野沢　節子
春昼や催して鳴る午後一時　渡辺　白泉
春昼の墓こゑもなし手鏡に　石田　波郷

日永（ひなが）

冬至（十二月二十二日ごろ）はもっとも日が短く、夜が長い。東京で日の出から日没までの昼間の時間は九時間四十五分だ。夏至（六月二十一日ごろ）はもっとも日が長く、夜が短い。東京で昼間の時間は十四時間三十五分だ。そして、昼夜が平分しているのは、春分（三月二十一日ごろ）と秋分（九月二十三日ごろ）の日、つまり春秋の彼岸の中日である。

ところで俳諧の季題では、日永が春、短夜が夏、夜長が秋、短日が冬である。算術的に計算すると、これは理窟に合わない。日永の季節は短夜の季節でもあるはずだし、夜長の季節は短日の季節でもあるはずだからである。

だが季語は数学で割切るわけには行かない。春に出現して、夏にいちばん出盛る蝶や蛙が、なぜ春なのか。秋に来て春に帰る雁がなぜ秋であり、春に来て秋に去る燕がなぜ春なのか。あいだを取って、燕は夏、雁は冬としたらどうだろう。その証拠に、雁と前後して渡来し、前後して去って行く鴨は冬になっているではないか。

こういう考え方を、数学的季題観という。その考え方によれば、日永と短夜とは夏であり、夜長と短日とは冬である。これは計算してみれば、当然そうなるのである。

だが、こういう考え方は、季節を感じ取る者が人間であることを忘れている。

寒くて、日中が短くて、陰気な冬のあいだから、待ちこがれた春がやって来たという歓びの気持が、「日永」という言葉に籠っている。冬の季題に「日脚伸ぶ」というのがある。冬至が過ぎると畳の目ほどずつ、日が伸びて行く。その目を数えるようにして、日が永くなるのを待ちこがれる。もちろん夏至までは、まだまだ日は長くなって行くが、冬の日の短さと対照的に、春になっての日の長さが、ひとびとの実感として強く存在する。「長閑（のどか）」という春の季題と、気持の上で通じている。

春の日永を感じ出したのは、俳諧時代になってからではない。万葉集に、

霞立つ春の長日を恋ひ暮し夜の更けぬれば妹に逢へるかも

という無名子の作がある。日が暮れたら娘に逢えるというので、春の日ののんびりとした

長さをじれているのである。

おぼほしく君を相見てすがのねの長き春日を恋ひわたるかも　（万葉集）

「すがのねの」は「長き」の枕詞だ。山菅の根が長いので、「長き」とつづく。千年以上も前から、春の日は長いものというのが、日本人の生活上の実感だった。夏になると、夜の短さが実感となる。夜ふかししていると、何時のまにか明けてしまう。「明易し」というのが夏の季語である。

ほととぎす来鳴く五月（さつき）の短夜もひとりし寝れば明かしかねつも　（万葉集）

「短夜」という言葉も、ちゃんと万葉集に出ている。明けやすい夏の夜を惜しむ気持は、後朝（きぬぎぬ）の歌として、平安朝貴族たちにたびたび歌われた。

「日永」と似たような言葉に、「遅日（ちじつ）」がある。日永に対して、これは暮れ方のおそくなることを主として言っている。春日遅々の感じで、この方は「うらうら」「うらら」という言葉と関連がある。こういう言葉を拾ってみると、万葉の昔から、日本人は季節感にすこぶる敏感で、その感じを言葉として表現していたことが知られる。

暮遅き四谷過ぎけり紙草履　松尾　芭蕉
遅き日のつもりて遠き昔かな　与謝　蕪村
永き日や欠伸うつして別れ行く　夏目　漱石
ながき日や散る花やどす龍の髭　久保田万太郎

麗か・長閑

主観語であって、俳句の季語とされているものに、春の麗か、長閑と、秋の爽か、冷じとがある。これらの言葉が季語とされるまでには、長い言葉の履歴がある。もちろんそれは、俳諧の約束であるが、誰かが勝手に決めたのではない。「ものの哀れは秋こそまされ」と言うから、「哀れ」を秋と決めたらどうだ、などというものではない。

春の暖か、夏の暑し、涼し、冬の寒しなどがあるが、それらは季節の温度に関係しているから、麗かなどとは少し違う。外に風光る（春）、風薫る（夏）、身に入む（秋）などもあるが、やはり主観的な言葉である。うららは麗の字を当てていて、この字はうるわしとも訓んでいるが、うららとうるわしでは大分語感が違ってくる。

うららはうらうらの約である。大伴家持の名歌に、

うらうらに照れる春日に雲雀あがり心かなしも独りし思へば

というのがある。家持はこの歌の創作動機を日記に書いて、「春日遅々として鶬鶊鳴く。悽惆の意、歌にあらずば撥ひがたきのみ。よってこの歌を作り、もつて締緒をのぶ」と言っている。この春日遅々の訳語が、「うらうらに照れる春日」である。暮れがたい春の日であり、俳句の季語にある遅日（遅き日）である。春は日が永いから、日永とも、永日とも言う。その春の日が、のんびりとして、明るく美しく照らすさまである。

ある人が「東行南行雲眇々、二月三月日遅々」という菅公の詩を訓みわずらいながら、少しまどろんだ夢に、北野の天神が現れて、教えてくれたという話がある。それは「とざまに行き、かうざまに行きて、雲はるばる。きさらぎやよひ、日うらうら」というのであった。ここでも遅々はうらうらと訳されている。

「うらうらに」の歌は家持の作品の絶唱であり、万葉集中でも第一級の作品である。春のうららかな外象をうたい出したことが、対照的に孤独の悲愁感をきわだたせている。なにか雲雀のように天涯に引きこまれて行くような寂寥感をたたえている。

夫木抄の春の題に遅日というのがあって、その作例のなかに、

百千鳥囀る春はうらうらとなれどもわが身曇りつつのみ　仲実朝臣
詠めわびぬ光のどかにかすむ日に花咲く山は西をわかねど　前中納言定家卿

というのがある。「うらうら」も「のどか」も、古くから春の季感を持つものとされていたのである。

麗かや砂糖を掬ふ散蓮華　川端　茅舎
うららかやうすよごれして足の裏　日野　草城
うららなる筑波を見しが夜の雨　斎藤　空華

これらの句を見ると、うららかの句を作る秘訣は、うららかのアイロニイを見出だすことであるらしい。家持の歌以来の原則であるのか。
のどかという言葉は、万葉時代には「のど」である。静かなこと、和やかなこと、のんびりした状態に言う。

吹く風ものどには吹かず、
立つ波もおほには立たず、　（万葉集、三三三五）

これは作者不詳の長歌の一節。

海行かば水漬く屍、
山行かば草生す屍、
大君の辺にこそ死なめ、
　のどには死なじ　　　　　（続日本紀宣命）

この最後の句は、家持の長歌の中では、「顧みはせじ」となっている。のんびりとは死ぬまい、という意味。つまり、畳の上では死なない、という覚悟である。武門の家柄である大伴氏、佐伯氏が、君に仕える誓約の言葉である。

この用例では、「のど」はただの形容語で、まだ季感を持っていない。だが、在原業平の歌に、

世の中に絶えて桜のなかりせば春の心はのどけからまし　　（伊勢物語）

などというのになると、どうだろう。春の歌には違いないが、仮定法で言っており、春の心は実際は「のどけし」の反対だ、つまりあわただしいのだと言っているのである。「のどか」が春の季感を持つということにはならない。だが、紀貫之の、

花に似ずのどけきものは春霞たなびく野辺の松にぞありける　　（貫之集）

は、業平の歌を意識に置いた歌で、春ののどけさを霞のたなびく野辺の松に発見した。ただ静かでのんびりしているというのでなく、春の温和な天気を含意するように、次第に語意が動いてくる。枕草子の「三月三日は、うらうらとのどかに照りたる」という文章になると、「うらうら」と「のどか」とが、ともに春の日和の表現として並列されている。うらうらに照ることも、のどかに照ることも、さして変りはない。のどかもやはり遅日の感じであり、長閑という字を当てるのは、春の日の長くて閑なることを言い取ったものだろう。この二つの言葉の違いは、「麗か」が春の太陽の感じがかぶさって来ているのに、「長閑」の方は春の一日の感じを伴っていることだ。sun と day ながら、日本語ではどちらも春の日である。「麗か」は明るく、うるわしい派手やかさの感じを伴い、「長閑」は、ゆったりと、のびやかな、閑かさの感じを伴う。「のど」とはもともと、和であり、静である。「のどむ」という言葉もあり、静める、落着ける意である。「ののどと霞む」なども言うが、「うららに照る」という言い方との違いを、よく示している。

几巾白し長閑過ての夕ぐもり　炭　太祇

のどかさの風鐸空に壊れをり　皆吉　爽雨

長閑なるものに又なき命かな　久保田万太郎

春(はる)の蝶(ちょう)

三月四日(昭和五十三年)、越路吹雪の第二十五回リサイタルの初日。一曲歌ったあと、彼女の挨拶の言葉の中に、

てふてふが一匹韃靼海峡を渡つて行つた

という安西冬衛の「春」の詩がさしはさまれた。ようやく寒気がゆるんで、春の雨らしい暖い雨が降り、如何にも春の到来を思わせる日で、こういう日の挨拶に、季節にたがわずこんな春の詩をさしはさむ彼女の機知に感心した。

蝶のメタモルフォーゼはタンポポだと、詩人冬衛は言う。そして彼は、『軍艦肋骨号遺聞』という散文詩の中で、韃靼海峡航行中の軍艦に乗っていた紋大尉の日誌の中に、五月二十七日。午後波間ヲ一茎ノ蒲公英ノ漂フヲ見ル。春ハ既ニ北門ニ至レルニヤ。と誌している。詩人にとって、黄色いものは春の報せ(しらせ)だったのだろう。隻脚を失っていた寒い大陸の詩人には、ことさら春の到来が待たれたのだろう。

「蝶」を春の季節のものと決めた昔の俳諧師の感覚には、心にくいものがある。

てふの羽の幾度越る塀のやね　松尾　芭蕉

うつゝなき抓(つま)ミごころの胡蝶かな　与謝　蕪村

蝶々のもの食ふ音の静かさよ　高浜　虚子

やはり春風駘蕩のさまである。だが、春と決った蝶を、わざわざ「春の蝶」と言った、次のような作品も見事である。

方丈の大庇より春の蝶　高野　素十

龍安寺での作だ。「春の」という虚字が、無駄のようで無駄にならず、ゆったりと春空の空間の拡(ひろ)がりを感じさせる。前例に、

うら住や五尺の空も春のてふ　小林　一茶

があり、これも成功している。

初蝶や吾三十の袖袂　石田　波郷

日盛りに蝶のふれ合ふ音すなり　松瀬　青々

秋蝶の驚きやすきつばさかな　原　石鼎

凍蝶の蛾眉衰へずあはれなり　高浜　虚子

各季節の蝶の句を挙げてみた。いずれも見事に季感を捉（とら）えているが、それでも「蝶」を春の景物と決めた古人の詩心を私は是とするのである。

蝶々の顔をよぎりし暖き　星野　立子
めまぐるしきこそ初蝶と言ふべきや　阿部みどり女
我庭に初蝶とどめがたきかな　同
白蝶々飛び去り何か失ひし　細見　綾子

（ポスト　昭和五十三年四月）

蛙（かわず）のめかり時（どき）

普通、歳時記には、暮春の夜、蛙が鳴くころ、人がしきりに睡眠をもよおすことがあり、それは蛙に目を借りられるからだ、と言っている。何時からこんなことを言い出したか分らないが、ずいぶん古いことだろう。

元禄時代の連歌書『産衣』に、めかる蛙を春だとしている。浜田珍碩(ちんせき)に、

閑古鳥なくや蛙のめかり時

の句があり、『年浪草』『栞草』その他の歳時記に、いずれも春の季語として挙げてある。

めかり時という言葉があって、それがどういう意味で言われた言葉なのか分らなくなると、民間でそれに尤(もっと)もらしい説明をつけて、そのいわれを解こうとする。それが民間語原説(フォークエチモロジー)で、もちろん俗説、臆説である。だがこの俗説は、ずいぶん古くからあったらしい。安楽庵策伝の『醒睡笑』に載せた、次のような笑話がある。

大名の前にて座頭ひた物ねぶるを見給ひ、何の仔細にそれほど眠るぞとあれば、昔より春は蛙が目をかりると申し伝へて候。それはよき目の事に候はんや。我等のやうなる悪しき目をもかり候は、よく〳〵蛙のよりあひに、目のはやる仔細御座候やと申ける。

してみると、「蚯蚓(みみず)鳴く」などという話と同じく、始めは座頭が語り出したものかも知れない。蛙の寄合いによくよく目が流行(はや)っているようだとは、頓才の利いた応答である。

この言葉の典拠として、

つとめすと寝もせで夜を明す身にめかる蛙の心なきこそ　　藤原光俊（夫木抄）

という短歌が引かれる。この歌は、はたしてどういう意味なのか。俗説に従って、蛙が私の目を借りて、私を眠くさせてしまうことを、心ないと言ったと見て、解けないことはない。だが、これは牝狩（めか）る蛙かも知れない。南大和で採集された方言に、めかり時というのは、交尾期のことである。東国では獣の遊牝期をかまい時と言っている。人間についても、女に「かまう」ということは言っている。同じような意味で、牝を追うという意味で、めかり時と言ったとされているようだ。だがこれも、も少し考えてみなければならない。

池田弥三郎氏が「蛙のめかり時とはやかましく鳴き立てる蛙のある期間鳴かなくなる時期を言うのであって、めかりは『目離り』であり、目は人間のまなこでなく、男女あいあうことを意味するめである。雄の蛙の、雌の蛙を呼び立てる、蛙の鳴き声の聞えなくなった時期を、蛙が、夫婦生活をしないで、はなればなれに暮らしていると見ていったのが、『蛙の目離り時』という語であると思われる」（文学と民俗学）と書いているのは、面白い説である。ところがその後氏は、俳句歳時記（平凡社版）には、また違ったことを書いている。「『蛙の目借り時』とは、牡が牝をもとめてやかましく鳴いている時期をさしているが、それは『蛙の目離れ時』で、牡牝があえずにいるので相手を求めて鳴いている時だとしたのが、始まりであろう。」

前の説は声が聞えなくなった時期だと言い、後の説はやかましく鳴き立てる時期だと言う。どっちにせよ、媾離（めか）れの状態から、全然正反対の場合を説明しているのだ。

私は前説がよいと思う。折口信夫に同様の説があったと思うが、全集の索引で探し出せないところを見ると、何かの講義の場合だったかも知れない。

山里は冬ぞ寂しさまさりける人めも草もかれぬと思へば　源宇于（古今集）

百人一首で有名なこの歌は、「人め離る」と「草枯る」とを、かけて言っているのである。

佐保過ぎて奈良の手向けに置く幣は妹をめ離れず相見しめとぞ　長屋王（万葉集）

「めかる」という言葉は、ここでも使われていて、「媾離る」の意味でよく通ずるのである。

私は「蛙のめかり時」と言い、「めかる蛙」と言った言葉は、昔の人が蛙の習性をよく見抜いた言葉なのだと思っている。私の想像を言えば、これは蛙の交尾期でなく、交尾期のあとの「春眠期」（?）を意味する言葉だと思う。その面白い観察が、例は慕であるが、葛西善蔵の『春』という小説に描かれている。鎌倉の建長寺に住んでいたころの話である。

寺の池にも春が来て、沢山の蟇どもが、夜も昼もグッ、グッとへんな声を出す。何処からこんなに沢山出て来たのかと不思議なほどで、狭い池のなかが真黒に見える。一つの雌に三つも四つもの雄が摑まりつこをして、強さうな奴が後肢で他のものをグイグイと蹴ったりしてゐる。重なり合つた不様な姿を見せて浮いてゐるのは、まだ真に徹したものでは無いやうで、真に摑んでゐるものはジイッと底に沈んで動かないやうである。

「蟇が沢山出ましたね。」

「あ沢山出た。だがな、今に子をひつちまふとな、皆な何処へか行つちまふだよ。」

こんな問答を、和尚さんと葛西はしている。

だがこれは、産卵をすませるともう一度土のなかへもぐるのである。産卵するのはふつう二、三月で、その後第二の静止状態をつづけ、本当に暖くなるとまた這い出してくる。この第二の静止期間が、蟇の春眠期であり、「めかり時」に該当するわけだ。葛西の『春』は、「いつか池の底のそちこちに黒い粒々を持つた寒天の百尋のやうなものがどろりと沈んで、グウッグウッが聞えなくなり、不様な彼等の姿が見えなくなつた。がその代りに、今度はまた、コロコロ、コロコロと云ふもそつと可愛らしい声が聞え出した」という文章で結んである。このコロコロという啼声は、ヒキでないふつうのカエルであろう。

戸木田菊次氏が、昭和三十四年三月初旬、浅川の真覚寺境内の古池における、面白い観察を書いている。真夜中に、古池の四方、百メートルほども離れた墓石のまわりに、ヒキガエルが多数冬眠穴から飛び出して、暗闇で何も見えないにもかかわらず、古池をめざして、三々五々のそりのそりと歩行していた。夕刻になって、池に数千のヒキガエルが集結し、牡同士で血みどろの闘争をやるが、交尾は夜間に始まって、十時間ないし二十時間で終るという。数キロの遠隔地から集結して来るものもある。

蟇あるく到り着く辺のあるごとく　中村　汀女

だが、翌朝はほとんど姿を消してしまうという。春眠の穴にはいるのである。

このような春眠の現象が、ヒキでないふつうのカエルに見られるとしたら、それが「蛙のめかり時」だ、というのが私の推測であった。そして、アカガエルは二月初めに産卵して、もう一度水中の泥の中にもぐって春眠状態に入ると言われる。トノサマガエルは、夏に水温が四〇度前後になると、木蔭や草蔭にかくれて静止状態をつづけ、それを夏眠状態だという学者もあるという（戸木田菊次氏『カエル行状記』参照）。

だとすれば、産卵後の静止状態は、一般にカエル族に見られる現象だと言えるのではなかろうか。それはカエルの種類によって、晩春のこともあり、夏のこともあろう。モリアオガエル、ツチガエル、カジカガエルなどの産卵期は、トノサマガエルよりも遅れる。産卵後、また土にもぐることはないにしても、しばらく声をたてない静止期間があるらしい。三、四月ごろ「めかり時」に入るのはアカガエルであり、五、六月ごろはトノサマガエルの「めかり時」だろう。

ともかく、日夜やかましく鳴き立てていたカエルの声がぴたりと止まり、その時節に、ものういような春暖、初夏の候がつづき、しきりに眠りをもよおすということを、農村の人たちは実感していたのだろう。

春になっていったん蛙の声を聞きながら、四、五月ごろ一時的に蛙の声の途絶える現象が、農村・山村の生活にとって、印象的だったのだ。そのころは、春眠しきりに催す時期で、言葉の原意を忘れた人たちに、蛙に目を借りられるからだという理解が生れて来たのであろう。それをさらに、蛙が鳴きしきるから眠くなるのだと説こうとしているのは、原意とはまるで反対のものになってしまっている。蛙の声の一時途絶える時節を捉えた昔の人の自然に対するこまかい感じ方を、私はこの一つの言葉からも、あらためて思うのである。

眼借時恙(つつが)ある眼の借られけり　相生垣瓜人
水飲みてすこし寂しき目借時　能村登四郎
煙草すふや夜のやはらかき目借時　森　澄雄

囀（さえずり）

　囀という言葉は、今は地鳴に対して言っている。冬のうちは鳴禽たちは、もちまえの地味な鳴声で、短く鳴くにすぎないが、春になると、高音（こうね）を張ったり、複雑に長く続けて鳴いたりする。それが囀で、雄にかぎり主として蕃殖期の求婚歌である。早春に一番印象的なのはウグイスで、昔から梅の花に来るものとされていた。だがホオジロの囀を、俳人たちは春のものとして認識していなかった。斎藤茂吉がホトトギスの座談会に招かれて、写生歌の例として赤彦の、

　高槻のこずゑにありて頬白のさへづる春となりにけるかも

を挙げたら、虚子がホオジロは俳句では秋ですと言って、茂吉を憤慨させたことがある。つまり、俳人たちにホオジロの囀の観察が欠けていて、いろんな小鳥類に一括して、秋に入れてしまって、平気でいた。ホオジロは秋には囀らないから、従ってホオジロの名句もこれまで詠まれたことがなかった。

　自然と親しんでいるはずの人たちが、おそろしく自然に対して無知だったのである。

囀の高まり終り静まりぬ　高浜虚子
囀やピアノの上の薄埃　島村　元
囀や二羽ゐるらしき枝移り　水原秋桜子

（電信電話　昭和四十三年三月）

雨の名風の名

日本には、雨の名と風の名が多い。歳時記に登録されているのも、少くない。その外、地方地方で名前をつけられている雨風の名は、いくつあるかわからない。その中で、春から初夏へかけての雨の名は、多く植物に結びつけて呼ばれている。

春なかば、木の芽時に、「木の芽おこし」「木の芽もやし」という言葉がある。その暖い雨にうながされて、木の芽が萌え出る意味である。この言葉は、阿波の祖谷渓地方で採集されているが、私の歳時記以外に採録されていないので、まだ例句はない。だが古歌にも、「木の芽はるさめ」などと言って、春雨によって木の芽が張るのだと感じているから、こういう感覚は、何も祖谷渓地方に限らないのである。数年前の三月、八丈島へ行った時、風の強い日で、島の人は「木の芽あらし」と言い、この風で島の木々がいっせいに芽ぶくのだと言っていた。

三、四月ごろ、「花曇」というのは、桜の花をもよおす曇天の意味だ。また、菜の花の盛りのころ雨が多いので、「菜種梅雨」という言葉もある。梅雨というからは霖雨で、しとしとと降る春雨である。

五月になると、いっそう梅雨の前兆のような性質を帯びてくる。「筍ながし」「筍梅雨」「茅花ながし」などという。ながしというのは、多く南風で、湿気を含んだ風で、また九州では梅雨そのものを言っている。筍が出るころ、茅花（茅萱の穂）がほぐれて白い絮をつけるころ、吹く南風で、多くは雨をともなう。

同じころの言葉に、「卯の花くたし」というのがある。卯の花を腐らせる雨ということで、これは古歌に、「卯の花くたし春雨ぞ降る」などといったのの誤解から始まった言葉だが、その誤解も大変古く、歌人俳人の間に通用している。

蛾が来るや筍ながし吹くからに　岡本　松浜
吹きのぼる茅花流しやサロマ川　水原秋桜子
さす傘も卯の花腐しもちおもり　久保田万太郎

花曇（はなぐもり）

花にちなんだ季の言葉は非常に多い。その中で、花曇という言葉も、よくできている。如何にも花時の気象現象を、うまく言い取っているのである。養花天ともいった。

花をもよおす曇天で、降れば春雨である。「花開く時風雨多し」と古くから言っている。季節風の変り目で、局部的な小低気圧を生じ、局所ごとに曇天を生ずる。風は弱く、半晴半陰の日が多く、薄い霞がとばりのように立ちこめ、ときどきこまかい雨が降るようなことが多い。

花時というと、日本人は天候が気になって仕方がない。嵐でもくると、一晩のうちに、せっかくの花が散り過ぎてしまう。昔は花の散り方でその年の豊凶を占った。安らえ、安らえと言いながら花しずめの祭をやった。花どきの、気をもませる天候、人の心を不安にする天候——それが花曇である。

（ポスト　昭和五十三年五月）

志野白し養花の天の明け暮れて　相生垣瓜人
水を飲む猫胴長に花曇　石田波郷
あたらしき墓のあたりも花曇り　飯田龍太

（葵　昭和四十二年四月）

花（はな）　その一

花と言えば桜のことを指す約束になっているのは、何も俳諧だけに限ったことではない。ふつうに言われている花見・花時・花曇・花吹雪・花冷（はなびえ）などという言葉は、桜を指すに決っている。

だが、昔から日本人が、とくに桜を花と言ったわけではない。万葉集の後期になると、中国の詩文の影響を受けて、花を鑑賞する態度が歌の上に現れているが、当時の新知識人たちは、むしろ梅、あるいは桃の花を賞めたたえている。桜の花が注目されたのは、むしろ別の生活上の必要、つまりその年の穀物の豊凶を、その花の散りぐあいで占うためであった。

花とは元来、花ではない。前兆・先触れということだ。「ほ」「うら」ともいう。雪は豊年の前兆として喜ばれたが、それは稲の花の象徴と見立てられたのである。そういう意味での花は、雪の外にも、柊や椿（山茶花）や卯の花や躑躅（つつじ）や、いろいろあったが、三月を代表するものは桜であった。

終戦前、もうかなり物資の乏しくなったころ、私は柳田国男翁のお伴をして、武蔵・相模の国境を流れる境川に沿って歩き、高尾山まで足を延ばしたことがあった。ちょうど花時で、春霞にけぶる山の端の満開の桜を遠望しては、柳田翁は感嘆されるのだった。私は翁の風景の愛し方の一端が、このとき分ったような気がした。翁が愛されるのは、もちろん都会の雑踏の中の花見でもないし、また街路樹の桜でも庭桜でもない。農村の生活のうるおいでもあり、久しい昔から農作物の「ほ」としてひとびとに眺められてきた、山の端の桜なのだ。山の桜からも、日本の常民たちの生活の哀歓を嗅ぎ取っていられたらしい。

うちなびき春来たるらし山の際（ま）の遠き木末（こぬれ）の咲き行く見れば　　尾張連（万葉集）

この歌など、村から山の際の桜がいっぱいに咲いているのを眺めて、嘆賞しているのであるが、同時に花の咲くさまを見て、その年の収穫を予祝する気持も伴っていよう。花の咲くのを見て、幸を思うのも、原因は遠いところにあったのだ。

山の桜にも遅速があって、次第に高いところに咲き上って行く。そのような一つの時間的経過を、この歌は含んでいる。私がそういう意味のことを書いたら、林房雄氏が、家から見える山の桜は、高いところから低い方へ咲き下って行く、と異論を唱えた。場所にもよるし、日当りのぐあいにもよるだろう。

ともかく、山の桜を見てその年の稲のみのりを占ったのだから、それは稲の花の象徴なのである。花が予定より早く散ると、その年の収穫にとって、悪い前兆である。そのことから、平安朝の初めごろから、花鎮めの祭（鎮花祭）と言って、「やすらへ花や」とうたいながら、花が散らないように念じ踊った。日本人が、桜の花の散るのを惜しむ気持のもとには、そのような信仰の伝承がある。美しいものが散り失せるのを惜しむ気持の前に、稲の花と結びつけて考えた切実な願望がある。

今でこそ花と言えば、栄えること、花やかなこと、盛りのとき、あるいはもっとも楽しいときを意味するようになっている。だが昔は、花と言えば、もろさやいつわりや上べだけのことという意味があった。それは散りやすいものであり、頼りなく散って行くものであった。春と夏との交替期に行われる鎮花祭には、もっとも切実な気持で、花のやすらうことを祈った。やすらうとは、躊躇する意味で、後に休息することに転じた。「やすらへ、花よ」とは、そのまま、じっとしていてくれよ、という意味だ。桜の花が稲の花に見立てられ、田の稲虫をはらう意味から、人の疫病その他、生活上のあらゆる災いを鎮めることに、考えが拡がって行った。そのような生活上の切実さが信仰を脱落させると、花そのものへの愛情の切実さに転化して来るのだ。

だから、万葉の時代にはまだ、桜の花が日本の花の代表として、審美的に愛着されるような条件は、十分そろっていなかった。当時はまだ、梅と桜とが王座を争っていたと言ってよい。だが結局、梅は主として知識階級の鑑賞の対象にすぎなかった。桜が愛着の対象となる根は、広くかつ深かった。

この花の一弁(ひとよ)のうちに百種(ももくさ)の言(こと)ぞ籠れるおほろかにすな　藤原広嗣（万葉集）

という歌なども、桜の花が一種の暗示の効果をもって詠まれている。これは広嗣が娘子に、桜花の枝を贈り、おそらくその枝に消息を結びつけてやったのである。この花の一ひらのうちに、いくつもの私の言葉がこめられている、いい加減に見ないでほしい、というのである。花を鑑賞する態度でなく、実生活上のことに利用されているわけである。

古今集になると、

世の中に絶えて桜のなかりせば春の心はのどけからまし　在原業平
久方の光のどけき春の日にしづ心なく花の散るらむ　紀　友則

などと歌われ、大分鑑賞的態度が出てきている。だがこれらの歌にも、やはり桜の散ることに対する実生活上の不安の気持が、どこかに余韻を引いているようだ。

　この時代になると、文人的な純粋鑑賞の態度が確立されて、花と言ったら桜を意味することが決定的となった。とは言っても、花を賞し、散ることを惜しむ気持を導き出した源は、農村の稲の花を予祝し、ひいては村の生活の全体の吉凶を占おうとする原始信仰のなかにあったのである。

花（はな）　その二

　古典から現代にわたって、日本文学のよき理解者であるドナルド・キーン氏が、笑いながら言ったことがある。

「日本の和歌を国歌大観で読んでいきますと、つくづくサクラとモミジとがいやになってきます。」

　それほど過去千年にわたっての日本の歌人たちは、サクラとモミジの歌ばかり、たくさん詠みつづけてきた。決りきった詠みぶりで、ちっともかわりばえのしない駄歌の数々を、飽きもせずにうたいつづけた。

平安朝の和歌で、すでに四季の代表的な詠題として、春の花、夏の時鳥、秋の月、冬の雪が意識されていた。その中でことに連俳では、花と月とが重んじられた。つまり、月の定座、花の定座というものが、連俳の一巻のなかには、かならずなくてはならないものとされたからである。

だが、実際には桜の花でなくても、花と言えば、花の定座の句としての条件を充たしうるという規定が、式目には設けられている。他の百花を含むだけでなく、茶の出ばな、花嫁、花婿、花籠、藍の出花のたぐいまで、正花に許容される定めであった。

こう言うと、たいそうややこしい規定のように聞えるが、これは花という季語のもつ重層的な意味を、連俳の上で生かそうとしたことから来ている。たとえば次のように、花という季語の説明には、たいそう苦心しているのである。

「花とは桜をいへど、ただおしなべて千草万木のうへにもわたり侍る。」（北村季吟『山の井』）

「たとへ名木を隠して花とばかり言ふとも正花也。花といふは桜の事ながら、すべて春の花を言ふ。」（松尾芭蕉『白冊子』）

「花といへるは賞翫の惣名、桜は只一色の上也。」（森川許六『宇陀法師』）

今日の歳時記は、ほとんど例外なく、「花といえば桜花のことである」と言ってすませている。こんな説明ですむなら、季吟や芭蕉や許六たちは、あんなに苦労はしない。こういう解説は、季語についての歴史的・文学的理解がきわめて浅いものと言わねばならぬ。つまり、花とは春の花の代表としての桜をさすとともに、一般に春の花すべてにわたっての賞翫の言葉でもあるのだ。桜でありながら、桜という特殊な限定を越えて、詩的イメージが華やかで豊かなのだ。

何の木の花とは知らず匂ひかな　芭蕉

これは二月某日、宇治山田で詠んだ句であり、もちろんこの花は実際的には桜ではない。だが、この句が花の句であることは、たとえこれが実際には梅を詠んだ句であったとしても、桜の花に象徴されるような華やかなイメージを、パターンとして持っていることになる。

薦(こも)を着て誰人います花の春　芭蕉

これは歳旦吟であるから、もちろん桜ではない。だが「花の春」という、新年を示す季語は、具体的に桜の花を指しえないとしても、桜の花の華やかさがイメージとして想い浮べられなければならない。だから花は、弥生の候の季語であるばかりでなく、三春にわたっての季感を持つ季語でもあるのだ。桜であるとともに、春の花一般であるという二重規定に立つ季語なのである。

願はくは花のもとにて春死なむその如月の望月のころ　西　行

この歌は、事実としては矛盾する。旧暦二月十五日は、花時には早すぎるのである。だが、二月十五日が春のもなかであるという意味で、春の花すべてにわたっての賞翫であるこの季語に妥当するのである。

花という季語が、如何に大切にされたかという、次のような逸話がある。連歌師宗祇の時代では、百韻連歌に花の定座は三本であった。次の宗長のときになって、匂いの花を一本、勅許を蒙り（こうむ）たい旨を奏聞して、花四本が許されることになったという。今から考えるとおかしいようだが、そういう勿体をつけねばならなかったほど、花の匂いは大事であり、一巻のなかでその存在が、あたりに匂い立つような華やかさを発散させるものだったのだ。ねぼけたような花の歌の多いなかに、目にとめて、はっと驚かされるような歌。

年経れば齢（よはひ）は老いぬしかはあれど花をし見ればもの思ひもなし　藤原良房（古今集）
面影に花の姿をさきだてて幾重越え来ぬ峰の白雲　藤原俊成（新勅撰集）
春風の花を散らすと見る夢は覚めても胸のさわぐなりけり　西行法師（山家集）
花はちりその色となくながむればむなしき空に春雨ぞふる　式子内親王（新古今集）
山もとの鳥の声より明けそめて花もむらむら色ぞ見えゆく　永福門院（玉葉集）

花(はな)　その三

「花」と言っても、私はいろんな花の話をしようというのではない。詩歌、ことに俳句で言われる「花」という言葉についてである。

歳時記を開いて、「花」という季語の解説を読んでみると、「桜の花をいう」と書いてある。そうには違いないのだが、そう言ってすませてしまったら、やはり不十分という外はない。まず現に刊行されている歳時記は、すべてと言っていいくらい、こういう説明で満足している。もちろんわれわれが、「花見」とか「花吹雪」とか「花冷」とか「花の雲」とか言った場合、それは桜の花以外を意味しない。だから「花」が桜を意味するということは、何も詩歌の上だけの約束でなく、われわれが日常使っている場合も、「花」に桜という限定された意味を持たせた場合が、非常に多いのである。

いったい連歌俳諧では、春の「花」、夏の「時鳥(ほととぎす)」、秋の「月」、冬の「雪」という四つの季題を、非常に大事なものに考えている。その中でも「花」と「月」の二つが、重いものであった。「花」と言っただけで、春の豊かな華麗さが、詩的イメージとして想い描かれたし、「月」と言っただけで、秋の清涼の気が、同じく詩的イメージとしてぱっと脳裏に拡がってきたのである。だからこの二つの季語は、日常用いられている言葉でありながらそれ自身で詩的昇華を遂げようとしている傾向にある。もちろんこういうことは、一般的にはありえないのであって、あらゆる言葉は、詩句のなかに一定の位置を得て、はじめて現実的な意味の外に、詩的意味を担うのである。そのような作用が、「花」や「月」という言葉では、さらに強力に働くのだと見ていい。単語であるとき、すでにそのような作用の中に置かれるという期待が存在するのだと、見ていいだろう。

「花」の季題解説を、ただ「桜のことだ」と言ってしまうのは、その歴史的に担った言葉の意味を抹殺して、ただ空虚な約束だけを守っていることになる。それは季題解説として、落第だと言わなければならない。私は試みに、次のような解説を与えたが、それは以上述べたように、「花」という言葉に執着した昔の詩人たちの気持を、考慮に入れた結果である。

「花とはふつう桜の花を言う。一般でも花見と言えば、桜にきまっているが、俳諧では、とくに春の花の代表としての桜をさして言う。だが、「花といふは桜の事ながら、すべて春の花を言ふ」と『白冊子』にもあるように、花は桜でありながら、春の花一般であるという重層的な規定がある。つまり桜以外の千草万木でもただ花と言った場合は、賞翫の心が大きい。したがってこの季題は、詩的イメージとしては、桜でありながら桜という特殊な限定を越えたものである。晩春の季を持つと同時に、春の花として三春にわたっている。ふつう花時は、四月上旬の短い期間である。」（新俳句歳時記）

これだけ「花」という言葉について説明を与えなければ、私には不完全と思われたのだ。なお、これは桜にかぎったことだが、その時期によって、「初花」「残花」「余花」という季語がある。あまり割切って言うこともできないが、大体、

初花——三月
花——四月上・中旬
残花——四月中・下旬
余花——五月

と見てよいのではないかと思う。

「初花」とは、その春にはじめて咲く桜の花のことであり、彼岸桜は早く咲くが、その土地土地によって、必ずしも品種を限定して言う必要はない。暖い伊豆や房州は、花が非常に早い。花を待つ心が深いから、「初花」を賞美することも深い。

「残花」は、春も末のころに、咲き残った桜の花である。八重桜は一重桜よりも遅いが、これも必ずしも八重と限ったことはない。「遅桜」と言う言葉もあるが、「残花」の方がもっと淋しい語感がある。

「余花」は、初夏になって、やや寒いところや高い山などに、遅れて咲いている桜の花で

ある。

「残花」と「余花」との区別は、それこそ俳句の上での約束であって、その語感を微妙に感じ分けた結果である。

（電信電話　昭和三十一年四月）

春の暮

「春の暮」「秋の暮」は、古来問題の多い季語で、「暮」という語が、一つの季節の末（大暮）にも、一日の暮方（小暮）にも用いるところから、混乱が起っている。どちらも元来、大暮に用いられたが、「秋の暮」の方は、かなり早くから両方の意に用いられた。それに対して「春の暮」は、新古今前後から歌に散見するが、すべて大暮の意であった。「春の暮がた」「春の暮るる」「春の暮れゆく」など、すべて同じである。連俳でもこれに従っていたのであって、『連歌心附之事』（宗祇）に「弥生といふ句に、夏ちかき・春の暮・春の末など付候は同事候、不可付候」云々とあり、『玉海集』（貞室撰）には、

花や根にさらば〱の春のくれ　貞室

が「三月尽」の例句として挙げてあり、『山の井』（季吟撰）には「三月尽」の項に、「春のくれには、数奇屋のいろりも、ねまのこたつもふたぎつゝ」云々とある。正風時代にも、許六が『篇突』に、「春のくれに対して、秋の暮を暮秋と心得たる作者多し。秋の暮は古来秋の夕間暮と云事にて、中秋の部には入たり」と言っているのは、「秋の暮」の理解には問題があるとしても、「春の暮」を大暮と解して疑っていない証拠である。だが、元禄の連歌学書『産衣』（混空撰）には、「春の暮、秋のくれとしたるは、大暮にはこれなき也。時分の暮なり」とあって、許六の考えとは対立している。また去来は必ずしも許六説に従わず、「又一片に限るべからず、一首一句の趣にもよるべし」と、妥当な意見を出している。天明時代には、両方とも時分の暮に用いるようになった。暮れてゆく春の恨みを籠めた季語が、その気分を、次第に一日の歓楽の終ろうとする夕方の気分に転用して用いるようになった。だが、句によっては両義を兼ねて曖昧に使っている場合が多いと思う。

現在では、虚子が「今は春の暮・秋の暮共に夕方の義であると定めて置く」と言っているが、この季語の長い歴史を考えれば、そう簡単に決定することもできない。日本語の伝統的に曖昧な気分尊重が、この結果を生んだのであるが、曖昧な気分本位の季語は、曖昧なままに用いるより致し方はない。「一首一句の趣」によるべきことで、個人の恣意で決められることではないのだ。

田家にはるのくれをわぶ

入あひのかねもきこへずはるのくれ　松尾　芭蕉
にほひある衣も畳まず春の暮　与謝　蕪村
はるのくれよめりぎつねのくさのあめ　加藤　暁台
下京の窓かぞへけり春の暮　小林　一茶
春の暮ちらと見えても湖光る　古屋　秀雄

（平凡社版・俳句歳時記）

三月尽（さんがつじん）

古くから和歌や詩の題に、三月尽、九月尽という言葉があって、古今六帖、夫木抄、和漢朗詠集などには、詠題として挙げられている。だが、この言葉をそのまま詠みこむのでなくて、春、秋の暮れて行く季節を詠むのであり、三月尽ならば、春の暮、行く春、春を惜しむ、春の行方、春の泊、春の湊、春の名残、今日のみの春、翌なき春など、暮春を意味する言葉を入れている。つまり、暮春の歌を総括して、三月尽の題名を与えたのである。

尽というのは尽日であり、三十日のことである。厳密に言えば、明日は立夏（あるいは立冬）になる果ての日ということになる。なぜとくに、三月尽と九月尽だけが歌われるのかと言えば、春と秋という好季節だけが、その過ぎて行くのを惜しむに価するからである。

行く春、行く秋とは言うが、行く夏、行く冬とは言わない。同じく、春を惜しむ、秋を惜しむとは言うが、夏を惜しむとは言わなかった。冬を惜しむは、年を惜しむという意味で、使った。旧暦では、年の終りが冬の終りだからだ。

近ごろは違ってきた。夏や冬の季節の好きな若い男女がふえてきたからである。長い夏の休暇は、海に山に、彼等にとっては書入れ時だろうし、夏の行くことは大いに惜しむに価することに違いない。スキーの好きな男女にとって、冬山の魅力はこの上ないものであろうし、冬のシーズンの終ることは、何よりも名残惜しいことに違いない。

終車駅に酔客となり夏惜しむ　能村登四郎

うっかり夏惜しむとは言わないと言って、あなたの歳時記にこういう例句があるじゃないかと言われて困ったことがあった。

ところで三月尽、九月尽という言葉は、あくまでも、詩歌の題目であって、日常の言葉ではなかった。だからこれらの言葉が、詩歌のなかに使われることはなかった。和歌には全然見当らないが、俳句では私の知るかぎり、

何〳〵ぞ三月尽のかげぼうし　椎本　才麿
傾城の小哥はかなし九月尽　榎本　其角
暮るゝとて今日も時雨や九月尽　天野　桃隣

などが、早い作例である。天明になると、

色も香もうしろ姿や弥生尽　与謝　蕪村
九月尽はるかに能登の岬かな　加藤　暁台

などと作られている。三月尽を弥生尽などと言いやわらげているのである。
これらの句は、すべて行く季節を惜しむ気持で裏打されているのだが、新暦時代になると、三月と言い九月と言っても、暮春、暮秋の季節を示さない。

三月尽校塔松と空ざまに　石田　波郷
少年の商才かなし九月尽　楠本　憲吉

こういう句になると、明らかに語感が変って来ている。波郷の句は、学年末の三月の哀

愁を籠めていよう。

近ごろはあらゆる月の終りに、何月尽と使っている。むしろ濫用(らんよう)されているのである。あらゆる月の終りが、何等かの感慨をさそうものであるかぎり、かくべつ咎むべきことでもないが、言葉を用いるのに定式があり節度があった昔から見れば、なにか味気ないのである。

例を挙げよう。

ちら〲と空を梅ちり二月尽　原　石鼎
四月尽兄妹門に遊びけり　安住　敦
子を呼べば妻が来てをり五月尽　加藤　楸邨
八月尽の赤い夕日と白い月　中村草田男

さすがに手だれの作者だけあって、ものにしている。六月尽、七月尽、十月尽などという例句は発見していないが、誰かが作っているかも知れない。十一月尽は語呂が悪いから駄目だろう。十二月尽は、言うまでもない。大晦日(おおみそか)という、れっきとした言葉がある。一月尽も地方には、初みそかというい い言葉がある。

夏

新緑（しんりょく）

初夏の季感を色で代表させたら、緑である。緑といっても、深緑になると、真夏の季感にふさわしい。炎天のもと、森羅万象すべてにわたって、むんむんといきれるような息苦しい感じである。

だが、初夏の「新緑」は、ずっとすがすがしい。もっと薄色の季感である。「美しき五月」という言葉があり、サツキという古語も美しい語感がある。薄暑というほどの、膚（はだ）にやわらかい、快い大気の感触があり、一年中で一番気分のよい季節であろう。青葉、若葉の季節で、「若緑」という言葉もあるが、これはとくに松の新芽の緑について言っている。「浅緑」というのは、春の柳の新葉、または春霞のこめた空の色に、昔は言っている。高山帯、亜高山帯のカラマツ、エゾマツ、トドマツ、ブナなどが、いっせいに芽吹いたころの、淡緑、鮮緑入りまじった美しさは、目もさめるばかりである。「新樹」というのも、初夏の新緑の立木をいう美しい新鮮な感じの季語だが、この言葉は江戸時代から使っている。

だが、季節の好みも好き好きである。とつくづく思ったのは、亡くなった久保田万太郎氏から「私は五月はきらいです」と聞いたときであった。

白雲を吹尽したる新樹かな　椎本　才麿
新緑やたましひぬれて魚あさる　渡辺　水巴
夜の新樹はげしき雨も降り出でよ　桂　信子

（葵　昭和四十年五月）

深山霧島（みやまきりしま）

今年（昭和五十三年）の春は天候不順で、日本各地の桜が、ほぼ一週間ばかり遅れた。それだけ桜は、季節の微妙な違いに対して敏感な反応を示す性質があるのだろう。吉野へ行ったら、中の千本、上の千本もまだはかばかしく花を開かない先に、上の千本のさらに上の山つつじの群落が、遠くからも紅紫色に映えていた。
これは桜よりつつじの方が、よほどタフに出来ていることを物語るものではないだろうか。時候の微妙な違いなぞとんとお構いなく、咲くべき時が到来すればつつじは咲くのではないか。

四谷の外濠の土手でも、桜は遅れたのに、連翹が時をたがえず咲いていた。だが、東京では昨今、高層ビルの玄関のフラワー・ボックスには、きまってつつじが植えこまれていて、何時もは桜より花期は遅れるのに、今年はほとんど同時に緋色の花をあふれさせていた。

ボックスに植えこむ花は、東京ではつつじと決ってしまったようである。これは多分、つつじが廉価で、丈が低く、植えこむには持ってこいで、おまけに丈夫で、排気ガスに強い、などの好条件が重なっているからであろう。私はこのフラワー・ボックスというもの、日本人の花好きの気持をよく見せているように思う。軒下でも手摺でも物干でも、所狭しとばかり草花の鉢や盆栽や、あるいはまた蜜柑箱でも石油缶でも花箱に仕立てて並べておく習性につながっている。

つつじの属では、私は九州の名山——霧島・雲仙・久住・阿蘇など——に自生している深山霧島が好きである。五、六月が盛りだが、これは生長がきわめて緩慢で、まだ苗だと思うような小さな株でも、すでに何年か経っている。紅紫色の絨緞を敷きつめたようなその群落の美しさは、言葉に絶する。このつつじだけは、タフではない。これを引き抜いてまた植えても、絶対に根づかぬという。

だがこの深山霧島の例句が、なかなか見つからないのは残念である。杜鵑花と同じで、夏の季語として詠む習慣が、俳人にないせいか。辛うじて見つけた一句は、

ミヤマキリシマときめくときも火山灰煙り　片山花御史

（ポスト　昭和五十二年六月）

山時鳥　その一

ホトトギスの声を、今日（昭和三十七年）までまだはっきりこれだと合点して、聞き止めたことがない。自分でだけ、あれがホトトギスだとひとり決めにしていても、不安が残る。野鳥の声を聞き分けるには、やはりその道の年季がいるらしい。だいぶ前に、柳田国男翁と境川のほとりを半日歩きながら、翁がよく野鳥の声を聞き分けられるのに、感心したことがある。

あれほど日本の詩歌に詠まれた鳥なのに、その声を聞いたという確信がないのは、恥しいようなものである。私にかぎらずほんとうはもう、ホトトギスの声を知らない人が大部

分ではなかろうか。少くとも東京のような都会に住んでいては、聞く機会はめったにないだろう。ホトトギスの一声を待ち望むことは、むかしは風流とされたが、いまではいっそう希少価値になって、風流から物好きの域になってしまったようだ。

中西悟堂氏の書かれたものを読むと、東京は渡りの通過地になっていて、五、六月ごろの主として夜分、鳴き過ぎて行くのを聞くことがあるらしい。何年何月何日何時何分ごろに、どこそこの上空を鳴き過ぎたという記録が、野鳥の会の人々から寄せられているのである。よほど野鳥の声に執心していないと、これはむずかしかろう。

むかしから、春の花、夏のホトトギス、秋の月、冬の雪が、四季を代表する景物であった。和歌、連俳を通じて、この四つは伝統的に重い詠題とされていた。およそ歌人や俳人と名のつく人で、この四つの題目で一首（一句）も詠まなかったというのでは、恥とされただろう。だがいまなら、この四つの題目のうち、ホトトギスには首をかしげる人も多かろう。それほど、現代人の生活関心から、遠ざかってしまったのだ。そしてむかしの人が、ホトトギスの初音を聞きもらすまいとあんなにまで気を使っていた理由が、わからなくなってしまった。

ホトトギスは南方から、海を渡ってやってくる候鳥だ。だがむかしの人に、そんな知識はなかった。山にこもっていたのが、四、五月ごろに出てくるのだと考えて、山ホトトギスといっていた。その一声を待ちわびる気持は、花の散るのを惜しむ気持と同じように、むかしの文人騒客の生活感情の型になっている。夜通し起きていて、その初音を聞きもらすまいとしたのだから、少し常軌はずれの執心ぶりである。よほど緊張して起きていなければならなかったろう。だが、そういうホトトギス熱は、ただの風流心によるものだったのか。

ホトトギスの声は、農候と関係していたようだ。

山里は卯の花垣のひまをあらみ忍び音もらす時鳥かな　加納諸平

これが、だれでも知っている小学唱歌の下敷きになった歌だが、ホトトギスが鳴くと、夏がきたという気持になった。夏がきたということは、農民たちにとっては、田植の用意をせよということだった。そこに、田植を急げと、うながすように呼び立てる声を聞き取ったのだ。

ホトトギスにかぎって、そのかん高い声を「名告る」といっている。五月ごろの空を名告りながら過ぎるホトトギスの声にも、人の魂を誘い出すような力を、大むかしの人は感じていたらしい。うっかり寝ているあいだに呼ばれて、それを聞きもらしたら、魂が遊離してしまうという、おそれの気持もあったらしい。そういう原始信仰と、農耕生活上の必要とが、ホトトギスの一声にはまつわっていた。そういう信仰や、生活感情が忘れられてしまっても、季節をつげる鳥として、その声を聞きもらすまいという気持は尾を引き、それが風流人の感受性の鋳型をつくってしまったのだ。
鑑賞的な態度が確立されると、聞いたのか聞かなかったのかわからないような隠微な情緒も歌われるようになる。

ほととぎすそのかみ山の旅枕ほの語らひし空ぞ忘れぬ　　式子内親王

現実の一声は、もはや薄い帳（とばり）にへだてられてしまって、そこにただようのは、むかしの恋の思い出だけである。

野を横に馬牽むけよほとゝぎす　　松尾　芭蕉
谺（こだま）して山ほとゝぎすほしいまゝ　　杉田　久女
有明の面おこすやほとゝぎす　　榎本　其角

（毎日新聞　昭和三十七年四月二十一日）

山（やま）時鳥（ほととぎす）　その二

連俳では、春の花、夏の時鳥、秋の月、冬の雪が、それぞれ四季を代表する景物であって、もっとも重い季題とされた。だがこれは、和歌以来の古い伝統に立っている。時鳥の初音を聞き洩らさぬように、夜通し起きているというような歌がたくさんあり、そういう生活上の風習があったのである（念のためにいえば、初音という言葉は、普通時鳥と鶯についてだけ言う。待ちわびる気持から初音というのである）。

時鳥が候鳥だという知識は、昔の人にはなかったから、山に籠っていたのが四、五月ごろ出て来るのだと考えていた。だから「山ほととぎす」という。雁に「遠つ人」という枕詞があるように、「もとつ人、時鳥」といった。古なじみの人であり、それがたまさかに訪れて来るという感じを籠めている。ことに卯月朔日になると、昔の人は時鳥の一声を待つ心になったようである。ただし田植と結びついて、五月と時鳥との連想も強かった。

時鳥鳴くや五月のあやめ草あやめも知らぬ恋もするかな　（古今集）

実際にはもっと早くから渡来して鳴いている。時鳥と五月との結びつきは、田植に関係している。

信濃なるすがの荒野にほととぎす鳴く声きけば時過ぎにけり　（万葉集、巻十四）

この歌は、万葉時代にどのように理解されていたかはともかくとして、もと時鳥の声を聞いたら田を植えなければならないという農候に関係した歌らしい。時鳥の声を聞いたら夏の到来を感じるようになったのは後世で、より直接には、田植時の到来を感じていたのであり、時鳥は田植を督促するために鳴いているのだと考えた。その声を「しでのたをさ」と聞いたことは、

いくばくの田を作ればか時鳥しでの田長を朝な朝な呼ぶ　（古今集、誹諧歌）

の歌が証明する。「しで」が何であるかは不明で、多分山の地名だろうが、後世は「死出」と感じて、暗い方に連想した。「田長」は後の田主・太郎次であり、大田植の監督者の位置にある古老である。その田長に、田植を早くせよと促すように呼び立てて行くと聞いたのである。このような農民の心構えが、時鳥の一声を待ちこがれるという風流を導き出した、生活的基礎である。

時鳥の鳴くことを、和歌ではとくに「名告る」といっていることが多い。

あかときに名告り鳴くなる時鳥いや珍しく思ほゆるかも　（万葉集、巻十八）

これはもちろん、時鳥の高声を指したものだが、元来名告りとは、求婚または戦闘のときに発言されるもので、相手を圧服しようとする手段である。相手の魂を自分のものとして、服従させることである。五月ごろの空を名告って過ぎる時鳥の声も、やはり人の魂を

誘い出すものと考えていたらしい。夜名告ることが、そのような畏怖の感情を生んだので、うっかり寝ているあいだに呼ばれたら、魂が游離してしまうと思っていた。それを防ぐために、一晩起き明かして、不用意な気持でなく、時鳥の声をしっかり耳に聞き、聞き洩らすことのないようにと緊張していたのである。そこから、文人騒客たちの時鳥熱が引き出されてきたのだ。冥途の鳥と考えるような陰鬱な連想は、日本には初めはなかった。「死出の田長」と考えるようになったのも、蜀の望帝の魂魄が化して時鳥となったという、蜀魂・杜魂などの名称起原説話が伝来して以後だろう。夜鳴く鳥は、陰鬱な方へ連想が行くのである。

今から考えると、昔の文人たちが、あれほど時鳥の一声を待ちわびた気持は、理解しがたいくらいである。だがそれには、花の散るのを惜しんだ気持と同じように、古くから伝承された生活があったのである。全然鑑賞的な態度が確立されてくると、聞いたのか聞かなかったのか分らぬようなほのかな一声も、歌われるようになる。

ほととぎすそのかみ山の旅枕ほの語らひし空ぞ忘れぬ　　式子内親王（新古今集）

のような隠微な情趣も、探られるようになるのだ。

連歌では、四月の季の詞としている（連理秘抄）。『至宝抄』には、「初夏の言葉」のなかに挙げ、「是は難面(ツレナク)鳴かぬやうに仕ならはし候、始の夏より五月まで待つやうに仕候、鶯に時鳥を結べば夏なり」といっている。俳諧では『山の井』に、「声をまつには、しびりをきらして、立花(たちばな)のかげにかしらをかたぶけ、みゝをすまし、うつら、うつ木のもとに日をくらし、夜をあかすありさま、一夏のうちにきかぬ心を、無言の行をおこなふかとも、山籠して音信(オトヅレ)ざるかともいいなし、一声のめづらしさは金輪王の出世にもくらべ、をしの物いふにもなぞふ」とある。花橘・菖蒲または卯の花とともに詠まれていることは、和歌以来である。

芭蕉が甥の桃印をなくしたとき、悲しみを加重させるところの時鳥の句は作るまいと考えていたが、杉風・曾良などの門弟がやって来て、芭蕉の気を引立てようとして、「水辺の時鳥」という題を出し、そこで作ったのが、

郭公(ほととぎす)声横たふや水の上

である。やはり蜀魂の伝説などの連想から、故人を思う情が、この時鳥の句の裏には籠っている。

時鳥の句は夜分に詠まれることが多いが、『御傘』『花火草』などの式目書を見ても、とくに夜分と断ってはない。芭蕉の、

時鳥消え行く方や島一ツ

野を横に馬牽むけよほとゝぎす

のごとき、明らかに昼の句である（折口信夫『時鳥を待つ』『鳥の声』参照）。

郭公鳴や湖水のさゝにごり　内藤　丈草
ほとゝぎす平安城を筋違に　与謝　蕪村
ほとゝぎす根岸の里の俥宿（くるまやど）　久保田万太郎

（平凡社版・俳句歳時記）

青葉潮（あおばじお）

沢野久雄氏が戦後の大磯の漁師たちを描いた『方舟（はこぶね）追放』という小説に、次のような一節がある。

学者の説によると、この附近の漁獲高が近年全く落ちてしまったのは、沿岸一帯の海辺に変動があったためだという。潮流は変ってしまった。かつて海岸近くまで遊弋（ゆうよく）して来た魚の群は、以前の潮流と共に遙かに沖合いを通っている。——

けれどもこの土地の漁師たちは、学者の言葉など信じようとはしない。

——魚というものは、海に映る山の緑を慕って来るものだ。もう、海に緑が映らなくなってしまっている。これでは魚が集って来るはずはない！

なるほど、湘南地方でも大磯の附近では、海浜から直距離数百メートルのところに、織り重なった丘陵が見られる。南に伸びて一度消えた丹沢山系が、海に迫って急に隆起した山塊の群である。東海道線を西に走る人びとは、列車が花水川という小さな川の鉄橋を渡った辺りから、突然右手、線路沿いに続きはじめる丘陵の襞を見るだろう。東から高麗山、もみぢ山、羽白山、坂田山、千畳敷、代官山と、それぞれ一応は名前を持った山も、どれも海抜二百メートルに届かぬ低さだが、この山なみが、その南にある大磯という町の気候風土に特殊な影響を与えているのは事実である。果して漁師の言うように、水に映る緑に魚が集まるものかどうかは分らないが、少し船を漕ぎ出せば、山々の影はくっきりと海に浮かぶ。その山の緑が、十年前の深い、陰影に富んだ色とは、まるでちがうというのである。ここでも、戦争中から戦後にかけて、無計画な濫伐が行われたのだ。巨木は倒され、林は疎らになってしまった。そう言えば、戦後六年を経過して、まだ茫々と草の茂るまま、立木の全く見えない山さえある。

この海は駄目だ！　——漁師たちはもう不漁に慣れていた。

おそらくこの小説は、大磯の漁師たちの言い伝えを、直接耳にして書いたものだろうと思う。「魚というものは、海に映る山の緑を慕って来るものだ」とは、如何にも漁師らしい生活感覚である。濫伐の結果、禿山にされてしまったので不漁になったということが、科学的に根拠のあるものかどうか私は知らない。学者たちの説は、黒潮の通路に大きな冷水塊が横たわっていて、黒潮はその沖を伊豆諸島の南方に迂回して流れるため、漁場もはるか沖合に押しやられてしまう、というのであった。いわゆる黒潮異変である。だが、父祖から言い伝えられて来た漁師たちの伝承も、当然そう考える外はない確信の強さを持っている。

山の緑に魚が集まるという現象を、大磯の漁師が何と名づけているか、沢野氏の小説では知ることができない。だが私は、海洋学者の宇田道隆氏が書いたものを読んでいて、青山潮とか青葉潮とかいう言葉があるのを知った。美しい言葉である。何処の漁師が言っている言葉であるか知らないが、太平洋沿岸の漁村の言葉であることは、間違いない。晩春、初夏のころの、黒潮のことである。そして、大磯の漁師たちの言い伝えは、まさしくこの青山潮、青葉潮のことに違いないのである。

冬のあいだ澄んでいた海の水は、三月なかばごろから濁って、いわゆる赤潮という現象がおこる。爆発的にプランクトンが繁殖するからで、この現象がおこると、魚がとれなくなり、海藻はくさり、養殖貝などは死ぬので揚げてしまう。やがて新緑の候となると、この濁った海水のなかへ、明るく澄んだ紺青の潮が、沖合から差しこみ、湾内深く入りこんできて、赤潮を駆逐してしまう。これが黒潮で、紺青水とも桔梗水とも言い、まるで川のように瀬をなして流れるので、黒瀬川とも言ったが、この名前は昔の相撲ファンなら覚えていよう。

「この二つの水塊（註、赤潮と黒潮）の境にははっきりしたシオメが現れる。幾条も暖水寒水の桔梗色と浅黄色とが縞になった縞潮を見ることもシオメと共に春季に多い。漁師が青山潮とか青葉潮というのはこの沖に晩春初夏の頃勢いよく北上して来る暖流のことをいうのである。それは又カツオやビンナガマグロ、クロマグロの群の急速な動きと一致している」

と宇田氏は書いている。

　黒潮が沖合からふくらんで来て、その澄んだ海面に山の青葉が影を映すころを、漁師たちは首を長くして待っているのだ。青葉潮などという美しい名前も、彼等は決して風流気からつけたのではない。それは生活の必要からの命名であり、むしろ生活の歓びの表現である。黒潮の訪れとともに、海の水は復活し、豊かな海の幸をもたらすのである。

　黒潮の第一の贈り物は、言うまでもなく鰹だ。江戸っ子が、女房を質に置いてもと、高価を惜しまず買い求めた初鰹は、昔はおもに鎌倉、大磯、小田原あたりの沖で釣ったもので、青葉潮がまず第一にもたらしたものだった。

こういう言葉が、これまでの歳時記類に採録されていず、従って句に詠まれることもなかったのは、まったく残念なことであった。

(附記)その後作られた句を拾っておく。

青葉潮をかこみ其の中青い島をおく　荻原井泉水
こぽこぽと岩の間かよふ青葉潮　岸田稚魚

筍(たけのこ)流(なが)し

近ごろテレビの天気予報で、よく「菜種梅雨(なたねづゆ)」という言葉を使っている。もともと俳句歳時記に採録されていた言葉を流用したものと思う。こういう言葉を気象官が予報に使って、茶の間に流してくれると、それは広く一般化されて、標準語の仲間入りをすることになる。

この言葉は、春の季語だが、初夏五月になると、またいろんな言葉がある。その一つ、「筍流し」は、筍の季節の涼しい南風で、やはり雨を伴うのである。駿河、伊豆地方で、漁師たちが言っていた言葉らしい。「筍梅雨（たけのこづゆ）」ともいう。「茅花流し（つばなながし）」というのもある。茅花の穂がほぐれて白い絮をつけるころの、雨をともなう南風である。「卯の花くたし」というのは、古くから歌よみたちにも言われていた。卯の花をくさらせる長雨である。四月の春雨と六月の五月雨（梅雨）とに挟まれて、雨の名も地方地方でいろいろに言われて来たのである。

旅衣じめと筍梅雨にあり　青木　月斗
雲ふかき筍黴雨（づゆ）の後架かな　飯田　蛇笏
蛾が来るや筍ながし吹くからに　岡本　松浜

（葵　昭和四十一年五月）

卯（う）の花腐（はなくた）し

卯の花腐しという言葉を、日本人がかつて生活語として使ったことはない。その点では、東風（こち）とか、やませとか、麦あきとかいった言葉とは違っている。これは歌言葉なのである。

しかも間違った解釈によって成立した歌言葉である。その点では、末黒（すぐろ）の薄とか、鵙（もず）の草ぐきとか、藻に住む虫のわれからといった言葉と、類を同じゅうする。

鎌倉時代のはじめ、順徳院の『八雲御抄』という書物に、「卯の花くたしは四五月の比（ころ）の雨也」と書いてある。このころそれは、すでに熟した言葉と感じられていたが、それは誤解にもとづいていた。万葉集に、

　卯の花を腐（くた）す霖雨（ながめ）の始水逝（はみづゆ）き縁（よ）る木糞（こづみ）なす縁（よ）らむ児もがも

という歌があり、難解な歌だが、陰暦四、五月ごろに咲く卯の花を腐らせる霖雨を気に病んでいた当時のひとびとの気持は、よく分る。このことは後でまた言うが、そういう農村のひとびとの生活感情が伝承されて、

　いとどしく賤（しづ）の庵（いほり）のいぶせきに卯の花腐し五月雨ぞ降る　藤原基俊（千載集）

のような歌の発想も、導き出されてくるのである。

この歌の下の句は、卯の花を散らし腐らせて、五月雨が降るということで、熟語には成っていない。それを熟語として誤って受け取ったところに、『八雲御抄』の解釈が生れてくる。万葉にもすでに、

春されば卯の花くたし我が越えし妹が垣根は荒れにけるかも

という例があり、これは卯の花を踏みにじって垣根を越えたという意味で、雨には関係ない。

なぜ誤解にもせよ、こんな言葉ができたのか。卯の花の咲くころには長雨が降るが、雨のためにその花が早く腐ってしまっては困るという考えが、昔の人にはあって、こんな言葉が作られたのだが、早く腐るとなぜ困るのか。

卯の花はウツギの木の花である。古くからサクラ・ツバキ・ツツジ、あるいは雪などと同じように、呪法に使われた。ウツギは卯杖・卯槌などに使われ、農事などの邪魔をする土地の精霊を追い払う役目を持っていた。「うつ」とは捨てること、投げうつことである。初春に杖で地面をたたいて、その上で小正月の行事（さつき祝い）に取りかかる。卯月になると、もう一度繰り返す。田植の予祝行事で、その花が占いの象徴になる。

「卯の花腐し五月雨ぞ降る」という歌の作者が、そういう行事を知っていたかどうかは別として、こういう発想の背景には、古い生活伝承がある。気になるから、こういう言い方が生まれ、固定してもくるのだ。「くたし」が「くだし」と感じられてきたのは、湿気を含んだ東風を意味する「くだし」の意味を、合せて感じ出した結果だろう。三月の春雨、五月雨に対して、四月ごろの霖雨という、特殊な季節感も生じてきた。

万葉にはまた、

　五月山(さつきやま)卯の花月夜ほととぎす聞けども飽かずまた鳴かぬかも

などと詠んでいる。卯の花の白く咲き満ちた上に、月光が降りそそいださまを、卯の花月夜と言ったのである。卯の花と時鳥とが、夏の到来を知らせる景物として感じられ、この二つを詠み合せることが、歌の定石のようになった。それは今日でも歌われている小学唱歌、

　卯の花の匂ふ垣根に
　ほととぎすはやも来鳴きて
　しのび音洩らす
　　夏は来ぬ

などでも踏襲されている。

　これは佐佐木信綱の作詞で、この歌に思い出を持たない人は少いだろう。都会の子は、卯の花なんて知らないことが多いが、それが夏の到来を知らせる花だという知識は、この唱歌から教えられた。日本の田園風景になにかなつかしさの気持を誘われるような歌なのである。

だが、この歌が次の歌の焼直しであることは、ずっと後まで知らなかった。それは、江戸時代の歌人、加納諸平(かのうもろひら)の歌集を開いて、次の一首を発見したときだった。

山里は卯の花垣のひまをあらみしのび音洩らす時鳥かな

「しのび音洩らす」に手柄はないが、諸平の歌だけでは、あれほど国民に愛唱されることはなかったろう。

谷川に卯の花腐しほとばしる　高浜　虚子

さす傘も卯の花腐しもちおもり　久保田万太郎

俳人は「卯の花腐し」などという言葉が好きである。似たような言葉に、「筍流し」「茅(つ)花(ばな)流し」などというのがある。やはり初夏の季節の、雨を伴った南風である。流しと感じているが、ながしはやはり湿気を含んだ南風のことだ。この二つは、ちゃんとした生活語である。

雨の文学

梅雨どきになると、雨の文学についての随筆をというのが、例年のようになってしまった。日本には四季の変化が多く、雨の変化も千差万別である。このことは、とくに詩人や作家や画家でなくてもだれにも感じられるものである。そしてその微細な差異までも、感じ分け言い分けている。俳句の歳時記に挙げられた雨の言葉だけでも、たいへんな数になるが、民間で方言として語られている言葉はさらに数倍に上ると思う。私は言葉をつくる能力においては、文人・雅客の風流心よりも民衆の生活上の必要を信用するのである。雨や風の性質は、農村や漁村の収穫に直接関係してくる問題であり、ある場合には生命に関する問題ですらある。生活の必要、生命の必要からつくられる言葉は、もっとも力強い言葉である。

その一例として挙げると、三重県では「節の西風、雨でそろ」と言っている。節とは、ここでは田植の季節で、ちょうどいまごろであり、そのころの西風は雨をもたらすと言って、喜ばれているのである。田植に雨がいかに必要であるかを考え、それが農村の死活問題であることを考えると、この諺には民衆の生活の汗がしみついているようでかりそめには思えないのだ。

ついでに風のことをいうと、風の性質の微細な言い分けについては、農民は比較的鈍感だが、漁民や航海者は、当然のことながら敏感で、季節風の言葉については、漁村や港町から採集されることが多いのである。梅雨どきの風の言葉に、黒はえ・荒はえ・白はえというのがある。これは江戸時代に編まれた『物類称呼(ぶつるいしょうこ)』という書物に、伊豆や鳥羽の舟言葉として挙げてあるが、いまでも九州西北部の海岸では言っているのである。「はえ」とは南風を指す言葉で、白とか黒とかいうのは雲の色である。梅雨のころ、青空を見ないような陰鬱な日の南風が黒はえで、梅雨が上ったころ、空に巻雲や巻層雲が白くかかるころ、そよ吹く南からの季節風が、白はえである。荒はえは梅雨中の、好ましからぬ荒い風とされている。私はこういう方言が好きである。標準語はこういった方言から、たえず生活力を注がれていなければ、荒地状態になってしまう。

梅雨(五月雨)を詠んだ詩歌としては、どうしてもすぐ芭蕉の名句を思い出してしまう。

五月雨を集めて早し最上川
五月雨の空吹き落せ大井川

などという句である。どちらも日本で有数の大河であり、また急流である。その濁流の勢いよく流れる量感を、芭蕉はよくとらえていると思う。ただし、最上川の方は現在雨が降っていないのであって、「集めて早し」というのは、雨期の濁流の端的な把握である。大井川の句は、島田の宿で川止めに会ったときの句で、濁流の大井川に、力強く呼びかけている。

小説や戯曲に、降り物を降らせる名人は、久保田万太郎氏であろう。歌舞伎などでは、演ずる月によって、その月の季感を重んじたのだから、定九郎のような傘をさした舞台姿は、いくらでも思い出すことができる。ただし助六の方は、やはり傘を持っているが、あれは雨が降っていたのかしら。ともかく、そういった伝統が久保田氏の作品には、脈々と伝えられているというべきだろう。

だが概して、日本の雨の情緒は繊細である。『雨季来る』とか『イヤリング』に描かれたような、連日連夜の豪快な雨の描写になると、日本の文学作品には描かれていない。死の灰をふくんだ雨の恐怖などということは、これからの小説や詩歌に、描かれることになるだろう。

（熊本日日新聞　昭和三十一年六月十一日）

薫風

薫という言葉は、人の名によく使われる。感じのいい言葉で、男の名にも女の名にも使われる。源氏物語、宇治十帖の主人公は薫大将だが、新しいところでは小山内薫がある。だが、女の名にもそれに劣らず多い。

「風薫る」というと、私たちはすぐ夏の緑の樹々がぱっと眼に浮び、夏の匂いが立ちこめてくるような感じがする。音読して「薫風」と言っても、同じことである。もう一つ、「青嵐」という言葉があって、語感は似ているが、少し風が強く、樹々のざわめきの声が高いような気がする。「薫風」の方はそよかぜである。「青東風」という言葉もある。「青嵐」は音読すると、「晴嵐」(彩雲・朝焼夕焼)とまぎらわしくなる。

だが、「風薫る」という言葉に、夏の季感を見出だしたのは、室町の連歌時代以後だった。昔の「風薫る」は、四季の何時を問わず、花(または雪)の匂いをおこす風だった。風そのものを薫ると感じたのでなく、春ならば桜や梅の香、夏ならば花橘の香、冬ならば雪の香をかおらせる風だった。一例を挙げると、

風薫る花のあたりに来てみれば雲もまがはず三吉野の山　　二条院讃岐

花につづいては梅が多いから、「風薫る」の用例は、春がいちばん多いことになる。

ところが、室町末期から安土・桃山時代へかけての連歌師・里村紹巴の書いた『至宝抄』に、末の夏の季語として挙げてあって、唐（もろこし）の言葉から出たとある。つまり、漢詩文に「薫風」という言葉を発見し、それを訓読して「風薫る」と言ったもので、昔の歌言葉とは直接関係ないのである。『呂氏春秋』に「東南の風を薫風と曰ふ」とあるが、それよりも『古文真宝』にも採られた蘇東坡の詩句（実は柳公権の詩句を採り入れたもの）「薫風南より来り、殿閣微涼を生ず」から来ている。五山の詩僧を中心に、宋詩を読むこともたいへんはやったから、その影響で「風薫る」という季語も成立したので、もともと漢詩趣味の言葉なのである。紹巴は「林の鐘、雲の峯、篁（たかむしろ）」などの言葉といっしょに挙げていて、「さして連歌には仕らず候」と言っている。つまり、和歌の雅語の伝統を承けついで、なかなか俗語や漢語の使用に踏み切ることのできなかった連歌師たちは、「風薫る」とか「雲の峯」とかいった言葉は、雅でないと思っていて、思いきって使うことがなかったのである。今のわれわれは、「風薫る」も「雲の峰」も、風雅の伝統をになったみやび言葉と思っているが、昔はそうではなかった。耳だって、げびた語感があると感じていた。

芭蕉の句に、

風の香も南に近し最上川

有難や雪をかほらす南谷

風かほる羽織は襟もつくろはず

などというのがある。はっきり「風薫る」と言ったのは、第三句だけである。最初の句は、「薫風南より来る」という詩句が、どこか頭にあるかも知れない。第二句は、雪をかおらせるのだから、昔の和歌の「風薫る雪のみ深き」などといった言い方に近い。第三句は、丈山の像に対して詠んだもので、「風薫る羽織」と言ったところに、詩仙堂の夏の景観を匂わせ、「襟もつくろはず」と言ったところに、丈山の人がらへの共感を示している。「薫風」とはっきり詠んだのは、漢詩趣味、文人趣味のあった蕪村あたりからである。

高紐にかくる兜やかぜ薫る

薫風やともしたてかねついつくしま

この後の句と、太祇の、

薫風や下戸に戻りし老が宿

と、どちらが先か分らない。薫風と口の中で言ってみて、その語呂に快さを感じ出したのは、どうも太祇・蕪村などの天明時代からであったようだ。元禄の蕉門作家は、風薫るとは言っても、ついに薫風とは句に詠まなかった。蕪村の句など、如何にも薫風という言葉の持つ軽快な響きに対する共感から、一句を仕立てたような感じがある。二、三句を全部かな書きにしたのも、その気持の現れと見てよさそうである。

辞職先生ニ与フ
薫風や本を売りたる銭のかさ　内田　百閒
薫風や病(やむ)影(かげ)を雲光り過ぐ　野見山朱鳥
薫風や打つべく口に入れし釘　木下　夕爾

あいの風(かぜ)

大伴家持が越中に赴任したときの歌に、
東風(あゆのかぜ)いたく吹くらし奈吾(なご)の海人(あま)の釣する小舟榜(こ)ぎ隠る見ゆ
というのがある。「越(こし)の俗、東風をあゆの風といへり」と、わざわざ註記までつけているのである。よほど「あゆのかぜ」という言葉が珍しかったらしい。

だが「あゆの風」というのは、かならずしも東風ときまってはいなかった。今でも日本海沿岸地方では、「あいの風」として知られているが、山陰地方では東または北東風だが、北上するにつれて、北風をさし、さらに北西風をさす場合もでてくる。そして能登・越中あたりが、ちょうどその転換地点だという。

家持時代の越中の国は、能登の国も含んでいた。当時の国府は、伏木附近で、ずっと西寄りで、能登に近い。そして富山湾では、能登の鼻の方から吹いて来るのを、ノトアイノカゼと言い、西北風で、反対の越後との境の海角、宮崎の方から吹いて来るのを、ミヤザキアイノカゼと言い、東北風である。富山県一帯にこの称呼があって、要するに沖の方から吹いて来る風がアイノカゼなのである。

あゆのかぜは、今はアエノカゼともアイノカゼとも言っているが、平安時代の催馬楽(さいばら)に次のような歌詞がある。


みちのくち、武生(たけふ)の国府(こふ)に、我はありと、親に申したべ。心あひの風や、さきむだちや

「心あひ」と「あひの風」とが懸詞になっていて、情深い、親切なあいの風よ、という気持である。だが、「心あゆの風」と詠んだ歌の例もあって、簡単に「心合ひ」という言葉から導かれてきたかどうか、柳田国男翁は疑問としていられる。

この催馬楽は、道の口、つまり越前（越路（こしじ）の口に当る）の国府であった武生に流れて行った遊女の気持を詠んでいるのである。越前はもちろんあいの風の区域で、越前から言うと都は西南に当って、東北から吹いてくるあいの風に、都の親もとへ消息をことづけているのである。

家持の歌では、「いたく吹くらし」と言っているが、あいの風はもともと暴風・烈風なのではない。佐渡の民謡に、

　あいの強吹（こはぶき）ややませのもとだ、やませやくだりの種となる

というのがあり、強風のこともあった。この歌には、「あいの風」「やませ」「くだり」と、三つの風の名が挙げられている。強いあいの風が沖の方から吹いてくると、やがて東風のやませが吹いてきて、港々に繋っていた船は帆を揚げて帰って行く。だが、それがまた南風のくだりに代ると、それを追風に受けて上方の船がまた下ってくる、というのである。船乗りたちを客とする港々の遊女が、風向きを気にするのは、それが馴染んだ客と別れの風であったり、また待ち受ける風であったりするからである。これらの風の名が、北陸の航海者にどんなに親しいものであったかを、こういった民謡は教えてくれる。

あゆとかあえとかいった言葉には、もともと特殊な意味があった。能登の珠洲（すず）市あたりで、あえのことと言われる、古風な新嘗（にいなめ）の祭が、今も行われている。霜月五日（今は新暦

の十二月五日に改めている）に、家々で田の神に新穀感謝の祭をやるのである。この「あえ」には、饗の字を当てている。家のあるじが、あたかも眼前に田の神があるかのように、苗代田へ行って神を家の中に案内してきて、風呂に入れたり、数々の饗応をしたりする。その後、田の神は山へ帰り、翌春二月五日に、田の神迎えを行い、これもあえのことと言っている。

このあえと、同じ意味らしい。田の神によってもたらされた珍味佳肴があえだが、同様に、あゆ（あえ、あい）の風とは、沖から珍宝をもたらす風なのである。風によって浜辺に多くの寄り物がもたらされるのだ。風が魚介類や海藻類などの食物や、木材その他の漂流物をも吹き寄せるのである。船が港へ寄ることも、それが財宝を落して行くもので、寄り物の一種だった。私はこの夏、台風のあとに能登羽咋（はくい）の浜辺へ行って、ここが寄り物の多い浜であるという現実を、まざまざと見た。ここは海浜ドライヴ・コースとして、近年有名になったところだが、数日前の嵐に打上げられた木材その他の雑物のため、一両日前まではドライヴどころではなかったという話だった。

私は西のはて、長崎の生れだが、少年時代に、ものが落ちていることを、「アエトル」と言った。あえる・あゆるとは、落下の意で、古語にも「あゆ」というが、私の感じでは、値打ちのあるものが落ちていることで、あえているものを拾うことには、微かな心のとがめがあった。不労所得だからである。そのような不労所得を沖からもたらす風が、あゆの風であったろう。だからその風は、いたく吹く風であり、強吹きであるほど、多くの珍宝をもたらすのである。強風の日のあとには、おそらく、思いもかけないものが浜辺にあえていたはずだ。

　昔は遠洋漁業などはなかった。ひところの北海道の鰊漁のように、浜辺に群来して寄せて来たものを拾えばよかった。鮭や鱒も、群がって川に遡ってくるのを、捕えればよかった。それで村村の食糧をまかなうには足りたわけだ。大量捕獲したものを塩蔵したり鮨にしたりして、不漁の季節にそなえる。まるであえているものを拾うようなものだ。難破船の漂流物だって、あえの風がもたらした海の幸であれば、村びとたちに拾得の権利があることを、誰も疑わなかったはずである。

　そういう古い風の名が、いまだに生きていて、漁民たちの生活のなかに使われているのである。それはまた、船乗りたちにとっては、冬の季節風が終った合図となり、あいが吹き出すころから、港々の船の往き来が頻繁になってくるのである。

　海川や藍風わたる袖の浦　河合曾良
　あいの風松は枯れても歌枕　角川源義

やませ

釈迢空の短歌に、「凶年」と題した、次のような四首の連作がある。

なかなかに　鳥けだものは死なずして、餌ばみ乏しき山に声する
家に飼ふものは　しづかになりにけり。馬すら　あしを踏むこともなし
山の村に　幾日すごして　出で来つる我の心の、たのしまなくに
村山の草のいきれをのぼり来て、めくらを神に　いはふ祠あり

これは東北地方の凶作を詠んだ歌である。迢空は昭和五年以来、民間伝承採集の目的で、しばしば東北地方に出かけ、ことに荒廃した農村を多く歩いた。そして東京の新聞が報道する凶作の記事が、かなり空虚なものであることを、実感したらしい。この短歌の外に、「追悲荒年歌」という長詩もあり、これは数回歩いた印象から出た空想も交えて、叙事的に詠んだものである。ここには父はすでになく、毎日母からののしられ怒られながら、餓えかつえている幼い姉弟の姿が描かれている。家は荒れて食うものもなく、雀の子までも餓えている。村人も餓えて寝ているのか、ひっそりと村中が静まりかえっている。ある町人があわれんで、呉れた蕎麦粉餅を、姉が弟に分けてやり、惜しみながら食うと、蕎麦粉

がほろほろと崩れる。

その長詩に、前に挙げた短歌の一部が、反歌としてつけてある。これはもはや空想ではなく、直接の見聞であった。奥州の凶作、農民の貧苦が、これほど切実な声で歌い出された例を外に知らない。冷害による飢饉は、東北の農民たちが昔から背負ってきた宿命であり、その生活の暗さをこのような深い共感をもって詠み上げた歌は、外にないであろう。

東北が開発されてから千二百年のあいだに、冷害の年は三百回ほどあり、平均して四年に一回の割で、冷害が発生していることになる。北海道が開発されると、東北と並んでここも冷害地域で、昭和三十一年の北海道の冷害の悲惨さは、まだ記憶にあろう。進歩的と言われたインテリたちが、遠いハンガリーの救援にばかり気を取られて、近い北海道の救済に冷淡だった態度が、批判されたりもした。昨年（昭和三十九年）の北海道の冷害も、ひどいものらしい。

千二百年にも及ぶ冷害の土地とは、あまりにも久しい、歴史的な宿業である。昔から歌よみたちは、「みちのく」の風景にエキゾチックな憧憬を寄せて、京都にいながら「みちのくのしのぶもぢずり」とか、「みちのくの千賀の塩竈」とか、見たこともない風景を歌にしていた。今日でも、歌人・俳人たちは、汽車の窓から見える風景を淡く撫でさすっただけで、美しい「みちのく」の歌や句を沢山作っている。荒廃した村々を歩いてみて、東北の農民たちの生活の暗さに触れるようなことは、まずないと言ってもよい。

東北に冷害をもたらす風は、「やませ」と呼ばれている風である。俳句の歳時記には、いろいろな季節の風の名が採集してあるが、不思議にこの「やませ」が採り入れられていないから、例句もない。

松前追分に次のような唄がある。

やませ風、別れの風だよあきらめしゃんせ、いつまた逢ふやら逢はぬやら

これは松前方面からの上り船に、やませの風が利用されたことを示している。日本海沿岸を上る船乗りには、やませは順風で、その風が吹き出すことは出船の合図である。だから港町の女たちには、それは別離の悲しみをもたらす風であった。

だが、船乗りに喜ばれたやませも、漁民には、水が冷たくなるから不漁をもたらす悪い風であった。ことに農民には、凶作をもたらす最悪の風であった。千二百年来そうなのだ。そのような、生活に大影響をもたらす風が、これまでの俳人たちには、涼気をもたらす琵琶湖の風の名くらいに考えられて、

比枝のまたゝき見ゆれ山瀬風　涼風

といった作品が、作られているだけだった。

八、九年前、新潟の大火のとき、北陸地方に大火をもたらすフェーン現象について、盛

んに新聞に報道されたことがある。そのとき、ある大新聞の解説記事では、フェーンが山を越えて吹く風であることから、関東の空ッ風も、東北のやませも、みなごっちゃにして、フェーンだと言っていたことがある。だがこれは、三つ三様に、違った性質の風なのである。フェーンは太平洋方面から吹く高温多湿の強い東南風または南風が、脊梁山脈を越えて裏日本へ吹きおろすとき、高温の乾いた強風となり、その結果火事をおこすことが多いのである。標準語に言葉がないものだから、フェーンをそのまま使い、藤原咲平博士の音をもじった訳語「風炎」を使うこともある。だが、新潟地方で「だし」と言っているのは、この風のことである。陸から海へ向って吹く風で、舟を出すのによい風という意味だろう。四月ごろから秋にかけて、しばしば見られる。

空ッ風は逆に、日本海から吹く多湿の北西風が、脊梁山脈を越えて関東へ吹きおろすとき、乾いた冷たい風となるのだ。風位・温度が違うばかりでなく、季節が違う。

ところでやませは、少くとも東北地方においては、主として東から吹く、冷たく湿度の高い風なのだ。この風が吹くと、夏に異常に温度が低くなるために、農作物に大害を及ぼす。長くこの風が吹くと、稲の出穂が不能になる。五、六月ごろ、冬の季節風が弱まると、親潮寒流の上に形成されたオホーツク海高気圧が南下して、三陸沖にうずくまり、冷たい東風または東北風が、奥羽一帯に流れ出す。「やませ」とは、おそらく日本海沿岸地方で言い出したことで、山を越えて吹きおろす風ということであろう。「せ」「ぜ」「じ」などは、風を示す言葉であるが、その意味を忘れてくると、「やませ風」とも言った。実際は海から吹いて来る太平洋沿岸でも、「やませ」と言ったのは、言葉が伝播したのであろう。そして、実際にいちばん「やませ」の災害のひどいのは、東側の三陸地方なのだ。

やませは東北以外の地方では、風位や性質が違ってくる。瀬戸内海地方の「やまじ」になると、まったく違う。だが、東北・北海道の冷害が、日本でもっとも悲惨な季節現象の一つで、その原因となるものが「やませ」という冷たい風である以上、われわれがもっとも関心を寄せなければならないのは、東北で担っているその特有な意味である。そして、その印象的な風の名が、これまで俳句の歳時記に採用されていず、それらしい例句もなかったということは、俳人たちが、日本の風土に対して如何に無知であったか、如何に生活に密接した地点で句を作ることがなかったかということの、一つの証明でもあるだろう。

二艘繋(かか)る積取船や北東風(やませ)吹く　松原地蔵尊

津軽女等やませの寒き頬被(ほほかむり)　富安風生

やませ音(ね)にいでてためる雲と濤　野沢節子

南風（みなみ）

風の方向や強弱や温度・湿度その他の性質について、いちばん敏感なのは、帆船に乗る舟乗りであり、その次に漁師である。もっとも、近ごろは、風速何メートル以上の追風のときは、陸上競技の公認記録として認められないとか、今日は風が左翼の方に向って吹いているから左へ引いたらホームランが出やすいとか、スポーツでも少しばかり風のことを気にしている。だが要するにそれだけのことであって、舟乗りや漁師のように生命に関係してくるわけではない。

同じ漁師でも、小形の舟を常用する漁師は、いっそう風に対して敏感だと、湘南小柴の古老に聞いたことがある。内陸に住む人たちに比べて、始終舟に乗っていれば、いやでも風の性質の微細な差異に至るまで敏感に感じ分けざるをえない。そしてそれに、一々名前をつけている。名称そのものが、生活に密着したもので、伊達や風流でつけられたものではない。

南風を「なんぷう」というのは、机上の訓み方である。漁師や船乗りなどの生活者は、「みなみ」「はえ」「はや」「はい」「まじ」「まぜ」などと言う。歳時記にはたいてい、「南風」の方言として「はえ」「まじ」などが挙げてあるが、それでは「みなみ」というのは、一体標準語なのか。「みなみ」は言うまでもなく、Sの方角として一般に使われている。だからわれわれも「みなみ」が吹くと言って、南風が吹いていることを意味させている。だが、海上生活者または海岸生活者のあいだで、「みなみ」と言っただけで南寄りの風をさしているのは、関東以北の太平洋沿岸だけである。他の地方では「はえ」「まじ」「まぜ」などを使っている。地方的な称呼である点では、これらの言葉も「みなみ」も、少しも変りはない。

「はえ」ももともと、「みなみ」と同じように、Sの方向を示す言葉だったらしい痕跡がある。いや、沖縄では今でも、「はえ」とは南の方角を意味する。

南風原（はえばる）（沖縄）、南風泊（はえどまり）（長崎県）、南風崎（はえのさき）（同）。私たちはハエンサキと言っていた。『地名辞書』（吉田東伍）に南風崎（ナンプサキ）と訓んでいるのは、誤りである。羽犬塚（ハエノツカ）（筑後）などと言うのも当字だろう。土地の人はハインツカと言うところを見ると、南風塚の転化かも知れない。

「はえ」という言葉がいちばん使われているのは、沖縄から九州一円で、さらに山陰から富山県まで知られる。瀬戸内海は「まじ」を使うことが多く、「はえ」は点々として知られるだけである。東端は伊豆の伊東だという。夏の季節風で、そよそよと吹く、暖かで湿気を多く含んだ風で、順風として船乗りに喜ばれる。「はや」「はい」または「はやんかぜ」「はいんかぜ」とも言う。『物類称呼』に、鳥羽・伊豆・畿内・中国の船詞として、梅雨初めの風を黒南風、梅雨中旬を荒南風、梅雨明けを白南風と言うとあり、これは歳時記にも取入れられ、例句も沢山作られている。

黒南風に水汲み入るゝ戸口かな　原　石鼎
和歌の浦あら南風鳶を雲にせり　飯田　蛇笏
白南風や化粧にもれし耳の蔭　日野　草城

もちろんこれらは、歳時記による机上の知識をもとにして作られたのであろう。だが、これらの言葉は、現在主として、九州西北部の海上生活者のあいだでは、生きて用いられている。黒・白というのは雲の色で、南寄りのやわらかい風である。晴天に吹く風であることは、壱岐で天気つづきのことを「朝ごち昼ばえ夕まにし」と言っていることが証明している。元来おだやかな風だから、わざわざ「あらばえ」という言葉があるのだろう。

柳田翁は、東国では南風は荒きにすぎるものが多く、「はえ」は概して好い風とは解せられていなかったらしく、それに対して、「まぜ」は航海にはよい風とされたと言っている。それに対して関口武氏は、両者はまったく同一性質の夏の季節風に与えられた名で、「はえ」の方がその起原が古く、分布上に明瞭な相違があるだけだと言っている。東国と言っても、静岡県が止まりであるが、静岡県や山陰では、南西風を「はえ」と言っている。そして強風や突風を「はえ」という例は、広島県・鳥取県・愛知県などで採集されている。

方言の辺縁地区におこる意義転化であろうと思われ、「まじ」「まぜ」がおだやかな南風として用いられている地方では、意味をずらせて、それと違った好ましくない風の名に適用したのであろう。

「はえ」は元来、おだやかな夏季季節風に与えられた名で、南西諸島、九州から中国へかけてが、主として用いられる区域である。「映ゆ」と同じ語原を持つものであろう。

「まじ」は鳥羽・伊豆の船詞として『物類称呼』に見えているが、やはり夏季季節風で、南伊豆・八丈島から太平洋沿岸に沿って、日向まで知られているが、中心は瀬戸内海沿岸である。温暖な湿気を帯びたおだやかな風で、晴天のよい風とされている。「桜まじ」「油まじ」「はえまじ」「送りまじ」などという熟語もある。四国、九州では、「まぜ」と言われることが多い。

「じ」「ぜ」「せ」「て」「ち」などというのは、風を意味する接尾語である。「やまじ」「あふぜ」「やませ」「はやて」「はやち」などである。「まじ」とは午(南)の方の風を意味するように、なんとなく以前から考えられていたが、この語原説については、柳田翁は疑っている。木に槙(まき)があり、虫鳥に蝮(まむし)・真鳥(鷲のこと)があり、その他魚に、真鯛・真鰯・真鯵・真かじきなどというように、風の中での一番重要な、始終問題になっている風という意味で、「ま」の字を冠したものかと言っている。この語の行われる地域では、船の知識の輸入者は、この「まじ」の風を、真帆に受けながら入ってきたように思うと、柳田翁は推測される。

　だが翁は、第二の想像説をたくましゅうして、北海の「あいの風」と同じように、「まじ」はよい天気を意味する言葉ではなかったかと言う。「ま」「あはひ」は、物の中間という意味から転化して、程よい調子という意味を現し、「まがよい」とか「あわいが悪い」とか言った。だから、この「まじ」も、好い「ま」を意味する風の名ではなかったかと、言う。想像説としても、十分合理的な推察の上に立ち、面白いと思う。

　瀬戸内海地方では、「朝ぎた昼まじ」と言っているが、昼間の海風と夜の陸風と、風位が変り、その交替期に、朝凪・夕凪が訪れる内海地方の気象をよく現している。また、

　　寒い北風、冷たいあなじ
　　私の思ふはまじの人

という民謡は、人々の「まじ」に対する生活感覚をよく物語っている。

　だが、どこでも「まじ」「まぜ」は好もしい風と思われているわけではない。日向・紀州・土佐などでは、「まぜ」はかなりの風速で雨を伴うから、航海では逆風として嫌われている。山陰では、夜間の陸風や、冬の南寄りの風の意味に転化している。

　とは言え、瀬戸内海を中心として考えれば、「まじ」はよい風であり、もっとも盛んに用いられているのも、この地方である。この地方では、昔は「はえ」も用いられたらしい

が、次第に駆逐され、意味も転化するに至っている。

このように考えると、「みなみ」「はえ」「まじ」は同じく夏季季節風につけられた名であり、その主として用いられる地域が違っているわけである。すなわち、「みなみ」は関東・東北、「はえ」は九州、「まじ」は瀬戸うちで、その用いられる辺縁の地域で、意味が転化し、逆に好もしからぬ風という感じが加わってくる。

俳句の例句を挙げておこう。

みなみ　海女葬る砂丘の南風夕なぎぬ　麦南
　　　　のけぞれば吾が見えたる吾子に南風　草田男
はえ　　大南風をくらつて屋根の鴉かな　蛇笏
　　　　騎馬南風に駆り来て波に乗り入れず　多佳子
まぜ　　南風の町かたまり歩く漁師かな　耿陽
　　　　南風の町舟を担いで通りけり　黄鳥

雲(くも)の峰(みね)

歌言葉としては用いられていないし、朗詠・古今六帖・堀河百首などにも、題として挙げてない。建久七年百首に「山家嶺たつ雲」の題で、

　ふもとには峰立つ雲とながむらむわがあけぼのにおはぬ桜を　定家卿

とあるのは、「雲の峰」の意味で出された題であったろう。だがこれとて山の桜を峰立つ雲によそえて詠んだ歌で、夏の雲ではない。むくつけき入道雲は、堂上貴族たちの歌の題にはならなかったと見るべきであろう。

「雲の峰」とは、「夏雲奇峰多し」(陶淵明)、「奇峰突兀として火雲升る」(杜甫)などの詩の影響でつくり出された言葉であった。地方によって「坂東太郎」「丹波太郎」その他、愛すべき名前を持っていたのに、長く標準語には呼び名がなかった。連歌書『至宝抄』に他の二、三の季語とともに、「さして連歌には不レ仕候。皆唐(もろこし)の言葉より出申候」として挙げ、「雲の峰と申は、夏は嶺の如く恐ろしげに雲おほく立申候」と言っている。連歌も和歌の上品さを受けついで、ただ言葉として挙げただけである。俳諧式目の書『御傘』には、「夏也。六月照日の時分に、白雲の空にたかき峰のやうにかさなるをいふ也」とある。

詩語として生かされたのは、主として芭蕉以後である。芭蕉が、

六月（ろくぐわつ）や峰に雲置く嵐山

と詠み、とくにロクグワツと音読すべきことを指定したのは、炎天の雲の峰の勢いを、句の上で生かそうとしたからである。

雲の峰いくつ崩れて月の山　松尾　芭蕉
雲の峰王冠紅く暮れのこる　山口　誓子
雲の峰海のものとし海女潜る　橋本美代子

（平凡社版　俳句歳時記）

風知草（ふうちそう）

宮本百合子の小説に『風知草』というのがある。フウチソウと音読する。山地や渓谷の崖地に生えている禾本科（かほんか）の草で、茎は細く、節（ふし）が多く、葉の表面は白く、下を向き、つね

に緑色の裏を見せている。茎の節の位置で、風の多い季節を予知することができるという。葉の表と裏とが転倒しているので、ウラハグサと言い、それが通名になっていて、フウチソウというのは、盆栽家などがつけた名前らしい。盆栽に作ることが多く、園芸品種には、白や黄の斑（ふ）のはいったものがある。

節の位置で風の季節を予知するというのは、どういうことか、またありうることか、私は知らない。だが、禾本科の草によって風を知るということは、古い生活伝承として、あったことのようである。たとえば荻の雅名にも、カゼキキグサというのがある。荻は昔から秋を知らせる草と言われ、秋風にそよぐ音が、しばしば古歌に詠まれている。荻がそよそよと揺れることを、「そよ」「さや」「そそ」「ささ」などといった擬声語で現すことがある。「荻の葉にそそや秋風吹きぬなり」とか、「来る秋ごとにそよと答ふる」とか。「そよ」とか「そそや」とかは、神の来訪を知らせる言葉である。万葉では、笹の音や、衣（きぬ）ずれの音や、潮の音などにも「さや」「さゐ」「さゑ」などと言っている。みな神聖な語感があったらしい。「潮騒（しほさゐ）」という言葉も、みそぎに際しての、神の来臨を示す音が、もとなのかも知れない。「をぎ」という名前も、霊魂に関係した信仰上の意味があった。「招（を）ぐ」とは、神または霊魂を招く意味で、霊魂を呼び覚ます意味にも用いた。荻とは、神霊を招きおろす（をぐ）ところの「招代（をぎしろ）」なのである。万葉集に「ささら荻」とも言っているが、その葉ずれの音なのである。荻の葉に神が来臨する、そのときさやさや、そよそよという葉ずれの音があって、風が神の来臨のさきぶれなのである。その音に、ひとびとは神意を聴こうとしたのだ。

そういう古い伝承があって、信仰を忘れた後世にも、荻と風とはきってもきれない因縁があるもののように、ひとびとは感じてきたのである。「荻の声」とか、「荻の音」とか、「荻の上風」とかいう言葉が、うんざりするくらい歌や俳句に出てくる。昔の神聖感が、脱落した後にも、それは美感となって、歌よみたちの心を支配した。

荻がカゼキキグサなら、裏葉草はカゼシリグサだろう。だが、盆栽家などというのは、漢詩趣味の持主だろうから、音読する方を採ったのだろう。先年招かれて中国蘇州へ行ったとき、古い町で古い庭園も多かったが、そこに有名な盆栽家がいて、庭中おびただしい数の盆栽を並べていた。われわれの一行には、あまり盆栽趣味の持主はいなくて、強いて言えば中野重治氏ぐらいだったろうが、さすがにみな盆栽というものに食傷した気味であった。

日本の盆栽家が、あえて漢音でフウチソウと言ったとしても、草のそよぎに風を知るという気持は、なかなか和臭の強い美意識にもとづいているのである。

風知草女主の居間ならん　　高浜　虚子

風知草の鉢を洗ひしよき疲れ　　富安　風生

風知草はや露を呼ぶ端居かな　山口　青邨

落(おと)し文(ぶみ)

富安風生氏が「動物学者が落し文の名で呼ぶとは、動物学者もしゃれている」と書いているのを見て、はてなと思ったのだ。動物学者がこんなしゃれた名をつけることがあるかしら。動物や植物にしゃれた名をつけるのは、たいてい子供であるらしい。子供でなくても、生活の上で始終そのものに触れている、なみの生活人のウイットであるらしい。ダンダラチョウという美しい蝶を、動物学者がそういう名前で呼ばれているのを知らないで、たまたま岐阜で発見したからと言って、ギフチョウと名づけ、それが通名(とおりな)になってしまったような例がある。岐阜だけにいるとはかぎらないから、科学的にも正確な名前でなく、ダンダラチョウという名前に気づいたら、改めたらよいものを、台帳のようなものに登録されてしまったらどうにも動かせないらしいのである。これで、昔ながらの名前は、俗名だということにされるのである。

落し文などという名前は、決して動物学者の感覚ではない。これは、ゾウムシ科に属する小形の甲虫で、雌が産卵のさいに、栗・楢・樺・櫟(くぬぎ)などの葉を横に噛み切り、切られた尖端に一個ずつ卵を生みつけ、きれいに巻いて筒状の揺籃(ゆりかご)をつくる。それが巻かれたまま地上に落ちているのを、小鳥の仕業に見立てて、「時鳥の落し文」とか、「鶯の落し文」とか言っているのである。

落し文というのは、ただ落した手紙ということではない。元来はっきり言いにくいことを、だれが書いたとも分らぬように文書にして、道や廊下などに落しておくことだ。平安時代からあったことで、つまり落書(らくしょ)である。それが門や塀や高札などに書かれると、落首・落書(らくがき)になる。

落し文は多く結び文だった。そして、あのゾウムシ科の甲虫の仕業によって地に落ちた筒状の枯葉は、この結び文に似ていた。結び文(結状)は、巻いて端の方を折り結んだ文で、昔の艶書は、きまって結び文だった。芝居で、御殿女中などに侍が廊下などでつけ文をするときは、たいてい結び文になっている。人を陥れるために結び文を廊下などに落しておく、あくどい例もある。

小さい虫の仕業を、だれが落し文と言ったか。これは分らない。だが大日本国語辞典に、「落し文」のところに、「陰暦五月頃、山城国比叡山中などにて、古への結び文に似たる枯葉の落ち散りたるものの称」と書いてある。すると落し文とは、比叡山あたりで、言い始められた言葉らしいのだが、それがどういう文書に出ているのか、何時ごろからなのか、かいもく私は分らない。

叡山の悪僧たちも、しゃれた気持を持っていたものだ。男色は盛んだったろうから、稚児につけ文したり、落し文したりすることは、珍しくなかったかも知れない。そういうことが日常茶飯のことであったら、虫の仕業から落し文を連想するのも、ごく自然であったろう。

もちろん、落し文とは、虫の仕業につけた名であって、その虫の名ではなかった。だが、動物学者たちは、虫の名が必要なのだから、それを小さな甲虫の通名にしてしまった。そして、オトシブミという昆虫がいることになった。

音立てゝ落ちてみどりや落し文　原　石鼎
落し文端やゝ解けて拾へとや　皆吉　爽雨
落し文ゆるくまきたるものかなし　山口　青邨

麦秋（ばくしゅう）

始めて麦の秋という言葉に接したとき、面白い言葉だと思った。味覚の秋とか、菊の秋とか、月の秋とか言う。それらとちがって、麦の秋は本当の秋なのではない。初夏なのである。

竹の秋という言葉がある。これも晩春の候である。竹はそのころ、勢いが弱くなり、秋の黄落の候のように、葉が黄ばんでくる。反対に竹の春という言葉は、仲秋の候である。若竹が盛んに生長して、春のように鮮かな緑の色を示すからである。「木六、竹八、塀十郎」ということわざがある。木は六月、竹は八月に伐るのがよく、塀は十月に修理するのがよいという意味である。竹の性がいちばんよくなるときが、陰暦八月なのだ。

麦の秋に対して、麦の春という言葉はない。だが麦蒔（むぎまき）は十一月ごろで、このころの陽気を小春と言う。本当の春ではないのだが、あたかも春のような麗かな日がつづく。明治時代の天長節、大正、昭和の明治節、戦後の文化の日である十一月三日は、めったに雨が降らず、快晴の日となる。そのころから、小春日和と言ってもよい天候がつづく。立冬が過ぎても、しばらく暖い日がつづく。「田植布子に麦蒔はだか」ともいうが、麦蒔の十一月ごろは、裸でいられるほど暖いのに、田植どきの梅雨時分は、布子を着なければならないほど寒いということだ。夏であるのに寒く、冬であるのに暖い、というのである。

麦の秋は、収穫の季節という意味である。国語では、秋とは元来、収穫を祝う田の神祭に関係した言葉で、季節の秋という意味ではなかった。飽くと同じ語原かも知れない。中国に麦秋(ばくしゅう)という言葉があって、陰暦四月の異名とされているが、麦の秋はその訓読なのではない。農民のあいだでは、秋を収穫の時期の意味で使って、「米あき」「麦あき」という言葉が、今も使われている。米のアキに対して、麦のアキがあるわけである。だから私は「麦の秋」「麦あき」という言葉を、純正な国語であると思っている。「竹の秋」「竹の春」になると、訳語くさい感じがある。

承久の乱のとき佐渡へ配流になった順徳院の歌論書に『八雲御抄』というのがある。この中に、「むぎの秋」という言葉を挙げ、「歌などにはききにくし」と言っている。聞きぐるしいということで、こういう言葉は、なにか耳立つ感じがあったらしい。「麦の秋」という言葉を入れた短歌は見出だしにくく、わずかに「麦の秋風」と詠んだ二、三の例がある。もちろん本当の秋風でなく、麦秋ごろの麦の穂を吹きなびかせる風である。麦の秋という言葉がなければ、麦の秋風という言い方は生れないだろう。

麦の秋という言葉が、なぜ耳立って聞えたのか、想像してみると、やはり麦の秋、または麦あきというのが、農民たちの生活用語として生きていて、堂上貴族たちには鄙(ひな)びた語感があったからだと思う。

だから、こういう言葉は長いこと詩語として生かされることがなかった。これを生かして使ったのは、庶民芸術としての意識を持っていた俳諧の時代になってからである。和歌や連歌の風雅では、うち棄てられていた詩材が、俳諧で拾われたのである。

炒粉(いりこ)くふ付木(つけぎ)の知恵や麦の秋　森川　許六
深山路を出抜けて明けし麦の秋　炭　太祇
病人の駕も過けり麦の秋　与謝　蕪村
麦秋や狐ののかぬ小百姓　同
　越後女
麦秋や子を負ひながら鰯売　小林　一茶
ちさい子が煙草吸ふなり麦の秋　同

それぞれに面白い農村風景を描いている。炒粉というのは麦こがし（はったいの粉）のことだ。炒粉を練ったのを、付木でしゃくって食ったということで、付木と言っても、もう今の生活からはまったく縁遠くなってきた。

米あきが九月、十月のころで、麦あきが五月、六月のころだから、米あきから冬を経て麦あきへ至るあいだの方が、ずっと長い。そして、食糧の欠乏してくる端境期は、麦あきの前が一番深刻なのである。貧しい農民、ことに飢饉の年の東北地方などでは、この時期は、いわゆるカテモノを食って、やっと命をつなぐ、などということも、しばしばあったのである。この窮乏の時期を、「春窮」という。日本語ではないから東北（旧満洲）や朝鮮で言った言葉だろう。だが、戦中・戦後の主食欠乏時代には、われわれも身にしみて、この春窮の季節のつらさを痛感させられたのである。

「春窮、麦嶺ヲ越エ難シ」という言葉がある。麦嶺とは麦秋のことである。端境期の欠乏も、麦秋になって、やっと息づくのである。麦あきという言葉には、越え難い時期を越えた農民の安堵の気持が籠っているのであろう。風流なだけの言葉と思ってはなるまい。

浦上天主堂

麦秋の中なるが悲し聖廃墟　水原秋桜子

鳶の尾の裂けたり麦の秋風に　長谷川かな女

文鎮の青錆（あをさび）そだつ麦の秋　木下夕爾

万緑（ばんりょく）

万緑という季語を始めて俳句に使ったのは、中村草田男であった。

万緑の中や吾子（あこ）の歯生えそむる

この句が広くひとびとに感動を与え、万緑という季語のすばらしさが強く印象づけられた。

王安石の詩句「万緑叢中紅一点」にもとづいている。如何にも夏の大地にみなぎる潑剌とした生命感を、そのものずばり表現している。草田男の句がまた、生れ出る者への讃歌であり、翠したたる万象と、赤子の口に生えそめた皓歯（こうし）とが、あざやかな色彩の対比を示している。

登山やハイキングが盛んになって、濃淡さまざまの緑の美しさが、都会人たちのあこがれの対象となった。ただその緑の大景を一目見たいために、人はつらい思いをして山へ登る。満目青山の展望が、あらゆるつらさを吹き飛ばしてしまうのだ。

万緑を顧るべし山毛欅（ぶな）峠　石田波郷

万緑やわが掌に釘の痕もなし　山口　誓子
万緑の一幹馬首のごと叩く　鷹羽　狩行
寂として万緑の中紙魚は食ふ　加藤　楸邨
万緑や日月われをめぐるのみ　野見山朱鳥

（葵　昭和四十一年七月）

底幽霊

川水の多量に混った、塩分のうすい、軽い水が、塩分の濃い、重い海水と、まじり合うことなく、海水の表面を、数メートルの層をなして包んでいることがある。このように、はっきり二つの層をなしているのは、夏の沿岸水域によく見られることで、この塩分の薄い上層には、おびただしい夜光虫が繁殖する。そして、波の動揺につれて発光する。赤潮の一種で、苦潮とも言う。辛い潮に対して、あまり辛くなく、苦味が感じられるからであろう。冷たい雪解水が海に多量に流れこむと、この現象をおこす。東北や北海道には、この沿岸水が広くひろがる。

ところが、これに舟を乗り入れると、舟がいっこうに進まなくなるから不思議である。昔の人が「しき幽霊」とか「底幽霊」とか「しき仏」とか言って怖れたのは、どうもこの苦潮の現象らしい。暗夜の海面が光ることを、「シキガタツ」「シキカケテクル」などというが、夜光虫の光ることなのである。シキとは海のあやかしで、海で死んだ亡霊のしわざだと信じていた。謡曲の『船弁慶』に出てくる平和盛の幽霊は、このあやかしである。この亡霊は、柄杓を貸せと言い、そのとき柄杓の底を抜いて貸さないと、舟を水びたしにして沈めてしまうそうである。海が真白に見えることを、「シキガツク」と言って、舟の者が怖れる地方もあるそうだ。それはプランクトンが繁殖して青白く濁る現象だろう。とにかく、紺青の海とはちがった色をしているのだ。シキはソコと同義語らしく、駿河の安倍郡の海ぞいでは、海底をシキと呼んでいる。海底に亡霊が棲んでいて、舟を動かなくさせると考えたらしい。

だがこれは、デッド・ウォーターという現象で、科学的に説明できることである。宇田道隆氏の解説によると、水中で密度のはなはだしく違う水層の、不連続的に重なったところへ舟が入りこむと、その境界面に、いちじるしい内波をおこす。内波の水分子の動きは、不連続線の上下であべこべで、波の峰と谷とにおいて最大であり、内波があれば、海表面の方も、ほんの少し、内波の山に応じて谷、谷に応じて山という起伏がおこる。表面の起伏が一〇センチぐらいでも、上層の密度が一・〇二四五、下層の密度が一・〇二六五であるとすれば、内波の振幅は五一メートルもあるという計算になるらしい。このような水域に舟を入れると、両層の境界面に内波をおこして、舟の推進力の勢力をほとんど全部、この波をつくるために消耗するので、三ノットぐらいの小舟では、まったく進むことができなくなるのである。

これは、氷雪の融けた水が海の上層をおおっているノルウェーの峡湾や北氷洋で有名な現象で、ナンセンがフラム号の探検で始めて発見し、エクマンが実験して、理論的に証明したものという。幽霊の正体も、一つの物理現象でしかなかったわけである。

苦潮にうつそみ濡れて泳ぐなり　森川　暁水

泳ぎ

私の生れた長崎市の港外に、鼠島という、周囲一マイルばかりの無人の小島がある。島の形が鼠のうずくまったような形をしているので、鼠島と言うのだが、神功皇后が三韓出兵のとき立寄られた島だというので皇后島とも言った。

この島で毎夏、七、八の二ヵ月間、水泳道場が開かれた。長崎の子供たちは、この島へ毎夏通う者が多かった。大波止から、二階のついた大きな団平船、二、三艘に乗って、小蒸汽船に曳かれて港外のこの小島まで行く。子供たちはその泳ぎの熟練度によって、赤帽（甲組）、赤白帽（乙組）、赤線のはいった白帽（丙組）、白帽（丁組）に分れ、それぞれの組がまた三段階に分れている。泳ぎは古風な小堀流で、白帽の一班から、試験を受けてだんだん上へあがって行く。岸から三十間ほど沖につないだ船まで泳いで戻って来たら、丁組二班となる。対岸の小瀬戸まで泳げたら、丁組三班となる。その外、たぐり、足撃（そくげき）、水練（潜り）、浮身（うきみ）、伏身（ふしみ）、抜手、飛込などの巧拙が試験される。赤帽となると、立泳ぎ、御前（ごぜん）泳ぎ、水書、水中発砲などの高級技術が加わる。私は中学時代に甲組三班まで行った。

私の小・中学生時代の夏は、この鼠島通いに終始したと言ってよい。だが、私はこの古風な泳法をあまり楽しまなかったようである。中学にはいったころ、新しいクロール泳法が伝えられた。だが、この道場の固陋（ころう）な師範たちは、この新泳法にふり向きもしなかった。東京の大学などへ出て、この泳法を物にした先輩たちが、暑中休暇で帰ってきて、グループを作ってこの泳法を指導した。

北村という短距離の早いのがいて、あるとき先輩の一人が、北村と一緒に五〇メートル泳いでみよと言った。私は覚えたての我流のクロールで泳いでみると、終始北村に食いついて、離されることがなかった。案外やるじゃないかということになり、私も自信を持ち、それからはクロール泳法に明け暮れて、古風な泳法は捨ててしまった。

　私が水の中ですこしでも自在さを獲得したのは、自由形クロール泳法のおかげである。自分でもびっくりするほど、自分のからだが水面をすべるように進んで行く。バタ足で浮力がついているから、下半身がななめに水中に没することがない。日本流の抜手では、足を一けりするごとに進行が停ってしまう。いきおい、ギクシャクした進みぐあいになるのだが、クロールでは間断なくからだが進んで行く。

　日本流の泳ぎからクロールへ転向するとき、一番苦心したのは、足を伸ばしたまま、交互に軽く上下動させるバタ足である。足で水を蹴った方が進むように思えたが、それはしろうと考えだった。頭を水中につけ、バタ足で浮力をつけ、水の抵抗を最低限に止めて、両手の力強い回転に速度のほとんどすべてを託するのである。この泳法を知ったら、古風な抜手がとたんに間が抜けて見えた。

　私が何かのスポーツをやったと人に言えるのは、この水泳だけしかない。ただしスタミナがないから、もっぱら短距離だけで、中距離になるとへばった。形だけは今でもできるが、もはや私は泳ぐことはない。

　この夏松山で、往年の平泳の名選手、鶴田義行氏に会って、一夜話し合ったことがある。鶴田と言えば、アムステルダムとロサンゼルスと二度のオリンピック大会に、連続金メダルを獲得したことを、覚えている人も多かろう。それは二十六歳と三十歳のときだったというから、選手としての生命の短い水泳では、異例のことである。今や六十歳を越えた鶴田氏は、半白の老人だが、さすがに鍛えたたくましい体軀をもち、膚は日に焼けて光り、コップで豪酒をあおった。松山郊外の海浜に水泳学校をひらき、その校長となって、幼稚園児童から六十代の老人に至る数百人の人たちに、泳ぎの基本を教えていた。老後の鶴田氏にふさわしい仕事である。

そのとき、ふと氏は「狭いプールなどで、少しばかり早くなってみてもね」とつぶやいた。この言葉は、しみじみとした感じを伴っていた。かつてプールで、二度まで世界の覇者となった人だけに、いっそう心に滲みとおる響きを持っていた。そのときの鶴田氏よりも、老幼の松山市民たちに泳ぎを教えている今の鶴田氏の方が、いっそうスポーツマン精神を体していることにならないだろうか。少しばかりの速い遅いをきそうことは、どうせ若い時代にだけ出来ることである。それに、泳ぎの意味は速い遅いということだけで、かたづくことではない。

何時か河上徹太郎が、年を取ると、幾何学的な図形を引いてやるスポーツには興味がなくなる、と言った言葉を思い出した。氏は中年以後のスポーツとして、ゴルフ、狩猟、ヨットなどを数えている。みな自然の地形を相手としているスポーツである。水泳も、プールで速さをきそっているだけでは、若い年齢層のスポーツだろう。鶴田氏の水泳学校は、プールにでなく、海浜に開かれているのである。

日本には漁民が多い。幼いころから海にはいっているはずだが、これがそのまま水泳選手のプールとはならない。能登輪島の海人集落の出身だという山中選手など、そのまれな例である。そのことを鶴田氏にただすと、漁村の青年たちは、泳ぎがうまいことを隠したがると言った。それは漁村の出だということを証明するようなもので、はずかしいことだと思っているらしい。海洋国日本で、意外なところに、すぐれた水泳選手が輩出するための障碍があるらしい。そういうことから啓蒙してかからなければならないとすると、鶴田氏の仕事も、思わぬ大事な問題をかかえていることになる。決して、せまいプールで少しばかり速さをきそうためばかりではない。

『八犬伝』の勇士のなかで、犬田小文吾というのは、水中での行動が自在であった。だがそれは、『水滸伝』の、水中ではならぶ者のない泳ぎや潜りの名人、張順から思いついたものだった。張順のあだ名は「浪裏白跳」という。泳ぎの名人でありながら、膚あくまでも白い美男子なのである。北斎の浪裏富士も、このあだ名にヒントを得たものだろうか。泉鏡花はこの張順が好きで、『風流線』の河童の民次は張順のイメージから作り上げた人物だった。

張順や小文吾や河童の民次は、クロールを知らないし、ましてプールで泳いだはずもない。だが、早い流れや、渦潮や、高浪などの中でも、泳ぎきる達人であった。海底にもぐっても自在である。今日でも、漁師の泳ぎは、こういう自然の条件にいどむ泳ぎであるはずだった。浪の立たない、小さな池の中での泳ぎではなかった。

私が少年時代に、クロール泳法をおぼえて、小堀流の古風な泳法をバカにしたのは、どうも若気の至りだったようだ。

泳ぎ女の葛隠るまで羞ひぬ　芝　不器男
汐浴びの声たゞ瑠璃の水こだま　中村草田男
泳ぎ女の胸より胸の風暮れゆく　岩田　昌寿

河童

河童に季があるとしたら、やっぱり盛夏七月である。河童の祭は河祭といって、たいてい七月、旧暦で言えば水無月に行っている。

釈迢空に「川祭り　戯歌」という連作短歌がある。その中の一首に、

村の子は　徹夜相撲ひて　明くる朝　草露ながら起き別るらし

というのがある。どこが戯歌なのかと思うが、沼空にとっては、やはりこれは戯れ歌なのであった。川祭に、川のほとりや井のほとりに土俵を作って、村の子供たちが夜どおし相撲を取り、河童に奉納するのである。河童が好きなものは、相撲と豆腐と「しりこ」だという。なぜ胡瓜が抜けているのだろう。

河童は人を見かけると、誰かれの見さかいなく相撲をいどむ。うっかり相手になって負けたら大変、水中に引きずりこまれてしまう。水死人の尻の穴が抜けていると、河童に抜かれたと言った。子供のころ私は、この抜けているということが、具体的にどういうことか分らなかった。今でも分っちゃいない。

だが、河童が負けることもよくあったらしい。河童の腕は抜けやすく、抜けた腕をあとで返してくれと歎願されることも多かった。河童は悪いこともよくやったが、ひょうきん者で、村の子供たちの遊び友だちでもあった。

沼空のこの歌は、ひょっとしたら、村の子供たちにうち交って、河童も夜っぴて相撲を取っているのではなかろうか。戯歌というからは、作者もそれくらいの情景は思い浮べているかも知れない。

河童はもともと、田の神の零落した形であった。つまり水の神である。村々、家々に、幸をもたらす神なのである。その神に親しみが加わってくると、時々はいたずらもされる河童の形を考えるようになったのだろう。

沼空は津軽の「おしっこ様」（河童のこと。水虎がなまったもの）を作らせて、家に祀っていた。「かはたろ」とも言う。

河童（かはたろ）の恋する宿や夏の月　蕪村
川祭明日にせまりぬ一夜酒　岐州
落日や河童の気配背に満ちて　憲司

（ポスト　昭和五十三年七月）

鵜飼（うかい）

この八月、遠藤周作君と飛騨の下呂（げろ）温泉に行った帰り、岐阜の鵜飼を見た。遠藤君の友人の杉山氏が、本物の鵜飼を見せてやるから来いと言い、私もさそわれたのである。
杉山氏は長良川のほとり、金華山のすぐ前のS旅館主で、もう何代も前から杉山家は鵜匠の元締をやっているのだという。私たちの座敷のすぐ下に、遊覧船がいっぱい並んでいて、ショウとしての鵜飼はここでやるのだそうで、それは座敷からも見られるが、本物の方は二里ばかり上流から下ってきながら、鵜を遣う。鵜舟にとくべつのはからいで乗せてもらうのだが、普通鵜舟に客を乗せることはないのである。ことに女が乗ることは禁制である。杉山氏は、これまで二度しかないと言う。一度は内藤侯の奥方が見たいというので、わざわざ男装して乗せたこと。もう一度は麻生和子さんが外国人の老婦人を連れて来て、ぜひというので乗せたこと。

着くなり、私たちは鮎の塩焼に舌つづみを打ったが、すぐ立って鵜飼の出発地点まで駆けつけねばならなかった。日暮れにはもう舟が出てしまうからだ。鵜飼は昔から、闇夜にするものと決っている。月が明るいと、鵜篝の効果が半減して、鮎の寄りが悪いからである。上弦の夜は月の落ちるのを待ち、下弦の夜は月の出る前に舟を出す。もっとも、今のようにショウになってしまうと、満月の晩でもかまわずやります、と杉山氏は言った。

私たちは上に合羽（かっぱ）をかぶり、ズボンも宿の作業ズボンにはきかえさせられた。桑畑や葡萄畑のなかを過ぎて到着した堤の対岸（左岸）に、鵜匠たちは河原で焚火しながら鵜舟をもやっていて、私たちが着くと、二艘迎えに来てくれた。対岸におりると、すぐ鵜匠たちは、舟に積んだ鵜籠から鵜を出した。一籠に二羽ずつはいっていて、夫婦だという。出されると、烏帽子、腰蓑をつけた鵜匠はすぐ鵜縄をつけ、鵜はやかましく鳴き立てながら、そこらの浅いところを歩きまわった。

私は舟の真中へんに座席をしつらえられた。遠藤は別の舟である。乗組むのは定員四名で、舳には篝火を焚き、そのそばに鵜匠が十二羽の鵜を遣う位置を占める。中ほどには、中遣いが乗って六羽を遣う。その外、棹や櫂を使い、助手役もつとめる舳乗り、艫乗りが乗る。

鵜舟は六艘に決っていて、ふやすことはできない。そのうち四艘は杉山家、他の二艘は某家のものである。川の真中に澪があって、その左右に三艘ずつ並ぶが、その順序は毎晩籤で決める。場所によって澪は岸の一方へいちじるしく片寄ることがあり、また途中三か所ほど早瀬があって、それに応じて、一定のルールにしたがって舟の順序が入れかわったりする。私の乗った舟も、先頭に立ったり、しんがりになったりした。

舟ばたに行儀よく居並んでいた鵜は、出発と同時に、水中に放された。篝に照らされながら、私のすぐ眼の前で、くぐっては浮き、くぐっては浮いた。そのしぶきが、舟の上まではねてきて、眼鏡はすぐ濡れてしまった。魚をくわえて上ると、それはくちばしと十文字になっているから、三、四回ぱくぱくやっているうちに、するりと呑みこむ。咽がふくらんだと見ると、鵜匠は縄をたぐり寄せて、鵜をかかえ上げ、咽のところを撫でて魚を吐かせる。手縄さばきは見事で、ほつれたと見ると巧みに手もとで、さばいてしまう。その間にも舟はずんずん流れており、早瀬にかかると、鵜も競い立って、動作もピッチが早まり、潜ったと思うと魚をくわえているし、あっちでもこっちでも矢つぎばやに魚をくわえている。見ていて実にめまぐるしく、見事で、舟の上でも相当水をかぶり、合羽を被せられた理由をいやでも納得する。火の粉も遠慮なく顔にかかってくる。

河上徹太郎氏は、鵜という鳥は実にスポーツマンだと言った。本当に魚を食うことよりも、魚を採る競技に熱中しているような感じである。鵜匠は監督で、舳乗りはマネージャー兼応援団長のようだ。櫂で舟ばたをたたいて、トウトウトウと言っては、ハッパをかけている。その声をきくと、疲れ鵜も気力をふるい立てて水にもぐる。鵜をさばく鵜匠も、スポーツの域と言ってよい。鵜匠の技術は、だいたい父子相伝らしい。

一時間ほど下ると、宮内庁御用の禁猟区になる。禁猟区にも、鮎を釣っている人の姿が見られた。ここまで下ってくると、鵜たちは両がわの舟ばたに上げられる。舳乗りは捕った鮎を大小に分け、また鮎以外の雑魚をふるい分ける。小さいのは、そこで器用に、腸を出す。私たちは迎えに来てくれていた杉山氏の子供さんの車で宿に帰った。鵜舟はそれから下へ下って行き、今度はショウとしての鵜飼を実演して見せるのである。一風呂浴び、座敷で、いま私たちの舟で採ったばかりの鮎を、塩焼、なます、魚田にして食べていると、ちょうど鵜舟がやって来て、今度は上から見物した。これは川幅の広いよどみで、要するにやって見せるだけのようだ。鵜も奮闘したあとだから、疲れてしまっている。演じながら静かに下へくだり、もう一度上って来て、今度は六艘が並んでいっせいに下る総がらみというのをやる。これが見ものと言えば、見ものだろうか。だが、本当にすばらしいのは、早瀬でたける鵜の競いだ。鵜匠のさばきの見事さも、そこで十分にたんのうさせられる。

東京で河上氏にこの話をしたら、鵜舟に乗る奴があるか、競技中のヨットだって、ひとを乗せやしないよ、と言った。それはそうだが、そう言えば、鵜飼の本当の面白さは、自分で鵜を遣ってみなければ分らないわけである。氏の説によると、終って鵜を舟ばたに並べたとき、鵜匠が成績のよかった奴から順番に並べる。怠けた奴の順番を下げると、そいつは実に羞しそうな顔をするんだそうである。私の見たところ、なるほど鵜匠が並ぶ順序を正してはいるが、それは夫婦の鵜同士を揃えているのだと見た。そうでなければ、争いがおこるからである。

杉山氏も、五、六羽は鵜が遣えるらしい。戦時中、兵として中国へ行ったとき、ある川で鵜を遣っている光景を見たので、ためしに遣って見せたら、驚いていたという。舟でなく、徒歩鵜（かちう）であった。日本には古事記にすでに見えているのだから、ずいぶん古いが、中国の鵜遣いとどういう関係にあるのか、分らない。系統をたどると、一つに帰するのかも知れない。日本の古代には、鵜養部（うかいべ）という部曲（かきべ）があって、宮廷に仕えていた。

方々の川に鵜飼はあったが、みな滅びて、宮廷その他の保護が行きとどいた長良川の鵜飼だけが残った。ところが、今日のような観光ブームになると、どこの川でもショウとして鵜飼を見せるようになった。私は日田の三隈川で見たことがある。だが、本物の鵜飼は、長良川だけだろう。これは河上氏の言う通り、鵜舟に乗って見るべきものではない。だが、一度これを見ると、ショウの方は如何にも気の抜けた見世物でしかないようだ。

あのきつい顔をした鵜の面相が、ま近くで競い合うさまを見ていると、実にやさしい顔をしているという気持がしてきたのである。

おもしろうてやがてかなしき鵜舟かな　松尾　芭蕉
火の波に透きて潜れる荒鵜かな　野見山朱鳥
鵜さばきの手綱馬上にある思ひ　鷹羽　狩行

涼し

私が習った小学校国語の国定教科書に、四季の推移を教えた一文があって、その中に、「春ハ暖カク、夏ハ暑ク、秋ハ涼シク、冬ハ寒シ」と書いてあったのを憶えている。当り前と言えば当り前みたいなものだが、俳句ではこれがすこし違っていて、涼しは夏なのである。

俳句をすこしひねって見たとき、歳時記など見ながら、なるほどねと思ったのは、まずこんなことだった。「暑し」と言っても夏だし、「涼し」と言っても夏だった。それでは、

「寒し」と言えば冬で、「暖かし」と言っても冬というぐあいに行かないところが、微妙である。

こんなことは、理窟を言ってみても始まらない。あの国定教科書の説明は、その通りには違いないが、それはやはり児童用の幼稚な定義であって、大人の季節感は、やはり「涼し」は夏だという分類を納得せざるをえないのである。

夏はひとが、涼しさをもっとも欲する季節である。逆に、冬はひとが、暖さをもっとも欲する季節と言える。冬の暖い日和を、小春とか小六月とか言っているが、これは限定された意味を持っていて、初冬（十一月ごろ）の暖さを言う。近ごろはもっと端的に、「冬暖か」という季題を設けている。ただ暖かと言っただけでは、それは実際にもっとも暖い季節（春）を指し、ひとがもっとも暖さを欲する季節（冬）を指さない。

ところが涼しの方は、実際にもっとも涼しい季節（秋）でなく、ひとがもっとも涼しさを欲する季節（夏）を指している。つまり、暖かも、暑しも、寒しも、すべて温度計に現れた客観的な現象に忠実であるが、涼しだけは主観的なのである。それはもっとも暑い季節であるがゆえに、もっとも欲するものであり、もしそれを得たときは、ことさらにその快味が感じられるものなのである。ほんのちょっとした扇の風や、そよ風や、樹蔭であっても、それは涼しいのであって、涼しさに対するひとの欲求の強さが、それを敏感に捉えるのである。

秋の涼しさはどういうかと言うと、季語としては「新涼」「初涼」あるいは「新たに涼し」「初めて涼し」「秋涼し」などというのがある。「涼し」は夏だが、「初めて涼し」は秋である。一見矛盾するが、それは一方は主観的な感じであり、他方は客観的な季節現象なのである。

これらはまず初秋の季語だが、仲秋ごろになると「冷やか」というのが現れてくる。涼しいというより、膚におぼえる冷気であって、しかも寒しというほどではない。

晩秋になると、冷やかさがより強く、寒気として感じられてくるので、「やや寒」「そぞろ寒」「うそ寒」「肌寒」「秋寒」「朝寒」「夜寒」「露寒」などと言っている。冬の寒さとのあいだには、まだ程度のちがいがあり、言わば条件づきの寒さである。

この外に、「余寒」「春寒」「残る寒さ」が春で、「残暑」「残る暑さ」「秋暑」が秋でと、季節の移り変りの上での微細な動きや、たゆたいを、一つ一つこまかに名づけている。

涼しがそれをもっとも欲せられた季節の季語とするなら、涼みはそれのある場所を求める行為である。逆に言えば、涼み（納涼）が夏の人事的季語であるなら、その結果得られた涼しという感覚は、もちろん夏とすべき道理であった。

涼しさを我宿にしてねまる也　松尾　芭蕉
涼しさに四ツ橋を四つ渡りけり　小西　来山

涼しさや鐘をはなるゝかねの声　与謝　蕪村
自ら風の涼しき余生かな　高浜　虚子

花火(はなび)

花火尽きて美人は酒に身投げけむ　高井　几董

東京下町の人たちは、花火といえば両国の川開きを思い出すだろう。夏の夜の景物の一つだったが、昭和三十年には中止されてしまった。多摩川その他でやっているが、下町の景物としてその情緒をなつかしむ人は、それで心なぐさむというわけではあるまい。

両国の花火というと、私はこの句を思い出す。

だが私は長崎生れだから、この季節には長崎の花火を思い浮べることが多い。長崎のうしろの山々は、墓地になっていて、盆には墓に提灯をともし、茣蓙を敷き、酒肴を持って行く。納涼を兼ねていて、知人を招いたり、高く花火を上げたりする。町から見上げると、山いっぱいに灯がともり、あちらからもこちらからも花火が上って、そのこだまを返した。矢火矢（やびや）、音火矢（おとびや）などと言って、さすがは唐人の多い町だけに、子供たちもいろんな種類の花火をもてあそんだものである。

（附記）今日ではまた、隅田川の花火が復活している。

物焚（た）て花火に遠きかゝり舟　　与謝　蕪村
空に月のこして花火了りけり　　久保田万太郎
ねむりても旅の花火の胸にひらく　　大野　林火
花火あがるどこか何かに応（こた）へゐて　　細見　綾子

（葵　昭和四十年八月）

真夏日（まなつび）

今年の梅雨は、思いがけなく早く上って、連日のように猛暑がつづく。そして気象通報に、「真夏日」という声を聞くことも多くなった。これは気温三十度を超える日を指すことに、気象台で決めた言葉だという。

真夏日というと、私はいつも斎藤茂吉の名歌を思い出す。

　真夏日のひかり澄み果てし浅茅原にそよぎの音のきこえけるかも

『あらたま』にあって、昔読んだときから、私の記憶に沁みついていた。代々木が原かどこかで詠んだ歌かと、漠然と想像していたが、最近出た佐藤佐太郎氏の『茂吉秀歌』によると、茂吉が勤務していた巣鴨病院の構内だろうという。それは何処でもよいが、真夏の太陽の照りきわまったもと、耳を澄ませば、葉のそよぐ音がきこえるというのだ。何か、この世の景色ではないかのように、静寂のきわみの世界である。

そして、このような歌の場合、「真夏日」とは、少しもいやな連想を伴わない。それを嫌悪すべき、不快感を伴う言葉にしてしまったのが、気象庁のとり決めである。せっかく茂吉のような詩人が、日常用語を洗煉させ、学者ってしようのないものを、芭蕉のいう「俗談平話を正し」て、美しい詩語としてうち出したものを、学者ってしようのないものだ。毎日不快の象徴として「真夏日」などと放送されていると、日本人の耳にこれが如何に嫌悪すべき言葉として定着してしまうことか。

「真夏日」という俳句は、まだお目にかからない。これが歳時記で、気温三十度以上の日などと解説されるようになったら、もうおしまいだ。「真夏」と使った俳句には、

乱心のごとき真夏の蝶を見よ　阿波野青畝
新しき色氷塊と真夏空　飯田龍太

（ポスト　昭和五十二年八月）

赤富士（あかふじ）

風生氏の「富士百句」の中に、数えてみたら「赤富士」の句が十七句もあった。「赤富士」を夏の季題に決めたのは、虚子だろうが、「赤富士」の句をもっとも熱心に作ったのは、風生氏を措（お）いて外にない。

「赤富士」はもちろん北斎の「富嶽三十六景」から来ている。北斎の富士には、構図の奇に驚かされるものが多いが、この赤富士は、何よりも色調の奇に驚かされる。だが考えてみると、私は本当の赤富士らしい赤富士を見たことがない。風生氏の山荘のある山中湖畔から眺めるのが一番よいというが、それも晩夏から初秋へかけての早暁五時乃至五時半頃から四、五十分のあいだというから、その期間にその場所にいたことのない私は、見たはずもないのである。とくに富士の全貌が真赤に紅潮した赤富士は、長い時間はつづかず、またもめったに値うこともないと、風生氏は言っている。雪解の時期の裏富士に限るとして、その時期に値っても、赤富士に値うとは限らない。風生氏も、

喜寿叟として赤富士に値ひ得たり

と、その値遇の縁をことさら強調していられるのである。

これほどさまざまに、富士を見る喜びを詩歌にうたい上げた人は、少いであろう。歌人や俳人で、おおかた一つや二つの富士の作品はあるのが普通だが、富士だけで一冊の句集や歌集が出来るほど富士に親しんだ人は、外に知らない。詩集に草野心平氏の例があるだけだろう。風生氏の「富士百句」を見ると、このありふれた感じの富士について、私が如何に知らないことが多いかを、今さらのように思い知らされるのだ。

もっとも「赤富士」は夏の朝の短い時間に限られるせいか、風生氏もさほど変化のある詠み方はしていない。

赤富士に露の満天満地かな
赤富士に露滂沱たる四辺かな
赤富士に万籟を断つ露の天

露天に満ち赤富士を現じたる
赤富士を現じて露の天が下

などと、露を詠んであることが多い。山中の湖畔の早暁の爽かさが、露を点ずることで、躍如として目に浮んでくる。満天満地の露が、朝日を得てきらめきわたる景色が彷彿とする。だがその中に、私は、

赤富士に針葉の露団々と

という一句に眼を据えた。風生氏の解説によると、この針葉樹は落葉松だという。これは山荘の階前の落葉松であるらしい。そう言えば、赤富士には針葉樹がよく似合うのではなかろうか。私は例のハリモミの純林を思い浮べていた。朝日にかがやく露をたたえたハリモミ林の上に赤富士を仰ぐのも、美しいだろうなと思ったりした。

「赤富士」ではないが、

裏富士の雨の滝縞野分晴

などといった景色も、私は想像して見るだけである。何々富士という言葉を、風生氏はどれくらい使っているか、数えて見た。初富士・春の富士・五月富士・雪解富士・夜の富

士・大富士・男富士・朝富士・赤富士・紺富士・遠富士・夕富士・表富士・三保富士・裏富士・秋富士・薩埵富士・雪の富士・黒き富士・鞠子富士・葉月富士・裸形富士・軒端富士・青田富士・礁富士・浦富士・睦月富士・湖上富士・花野富士・大仁富士・駿河富士と、三十一を数え得た。こういったさまざまの富士に出会うことも、この句集を読む大きな楽しみの一つなのであった。

（若葉　昭和四十四年七月）

夜の秋

秋の夜とは違う。夏の季題なのである。夏も終りに近く、夜になると急に涼味をまし、虫の音もきこえはじめて、なにかもう秋の夜であるかのような、軽い錯覚を感じさせることがある。それを言ったので、俳人の季節の移り変りの微細な感じを捕えた言葉である。

ところが、「夜の秋」という言葉は、江戸時代には使われていない。使われていても、秋の夜の意味に使われている。近代の俳人が見出だした季語なのである。かつて私が、明治以来の季語だと書いたら、大野林火氏が、それは何に拠るのか、明治時代のおもな句集

には見当らないと言って、大正八年の、

尿やるまもねむる児や夜の秋　飯田　蛇笏

以下の句を挙げ、大正以来とすべきかと言った。私は、明治以降の近代俳人が言い出した季語だという意味で、かならずしも明治に始まったと言ったつもりではなかったが、こう開き直られると、も少し古い用例はないか、という気持になった。

楠本憲吉君が探し出してくれた古い例句は、

粥すゝる杣が胃の腑や夜の秋　原　石鼎

という、大正二年の例である。明治にもう一歩である。楠本君はいろいろ博くさがしたらしく、これを初出とすべきか、と言っている。これが初出だったら、この句は記念すべき句である。これは石鼎の有名な、吉野時代の句で、虚子が俳壇に復帰したとき、それにただちに応ずるように華々しく登場して、秀句の数々を示したものである。吉野の奥、丹生川を遡って行くと、小という字があって、丹生川上中社という古い社がある。石鼎は青年時代に、そのあたりにしばらく住んでいたことがあったのだ。先年私も訪れたが、吉野杉の産地で、杣の伐り出す杉材を、昔は筏で流していたはずである。

さて、この句が「夜の秋」という季語を使った始めての例だとすると、その季語を夏と決めたのは、作者の石鼎なのか、選者の虚子なのか。私は当時の青年石鼎に、そういうことを決める資格はなかったように思う。石鼎の例句を見て、それを夏の季語として妥当であるという裁断を下したのは、どうしても虚子でなければならぬ。こういうことは、虚子が決めてはじめて万人も納得したろうからである。これまで詠まれたことのない新季題を、誰かが詠みこんだというのとは違う。在来から秋の夜の意味で使われていた言葉に、違った語感、違った季感を発見したということであり、詩人らしい発見なのである。

これを夏の季語と決めた文献が、あるいは大正二年ごろのホトトギスにあるのかも知れない。ひょっとしたら、それは明治末年かも知れない。楠本君はそこまで調査してみたかどうか。だが氏は、「夜の秋」が歳時記に始めて見られるのは、大正三年の『新撰袖珍俳句季寄せ』（俳書堂刊）であると言っている。少くともホトトギス結社内では、すぐこれが夏の季語として、一般化されたようだ。そして大正八年の蛇笏の例その他も見られるようになったのだ。

けれども、ホトトギス以外では、関西の青木月斗など、古句の用例をたてに取って、夏とすることに反対していた。改造社版『俳諧歳時記』の夏の部に、そのことを言っている。だが、大勢は動かしがたい。「夜の秋」が夏の季語だというところが面白いのであって、秋の季語だったら、何の変てつもない。「夜寒（よさむ）」が冬でなく秋であり、「余寒（よかん）」が冬でなく春であるのと、同じような意味あいである。

だが、気象学者は科学的な厳密さをたてまえとしているからか、こういう気分本位の季語をなかなか納得してくれないようである。『図説俳句大歳時記』（角川書店版）に、この季語を解説して、気象学者の平塚和夫氏がこう言っている。「気象的には、たとえ日中は暑くとも暦に従って忠実に夜の気温が下がり始める立秋のころ以降に、この季語を用いたほうが合理的で、事実気象関係者にはそういう使い方をしている人のほうが多い。」これはおそらく、気象学者が、六、七、八月を夏とし、九、十、十一月を秋としていて、俳人たちとのあいだに、少し季節の区分のずれがあることに基づいていよう。

気温的に言ったら、立秋以前には、なかなか秋を感じるということはむずかしい。だが、この季語は、なにも気温の上だけで言っているのではあるまい。早い虫の音にも、近寄る秋を感じるのである。古いことわざにも、「土用なかばに秋の風」と言うが、秋らしさということも、何となない気分の上のことだろう。科学的な厳密さよりも、詩人の詩情の上で、この季語は生きていればよいと思う。そして、俳句を作るかぎり、日本人は誰しも詩人なのである。

涼しさの肌に手を置き夜の秋　高浜　虚子
土に鳴くものとわれとの夜の秋　野見山朱鳥
灯の下の波がひらりと夜の秋　飯田　龍太

踊（おどり）

俳句で、花と言えば春で、祭と言えば夏で、月と言えば秋で、虫と言っても秋である。これは約束というもので、約束というのは、なんの根拠もなく作るものでなく、それ相当の理由があってのことだから、俳句の世界に遊ぶなら、いちおうこの約束を尊重しなければ、面白くもおかしくもない。ルールを無視してスポーツが成立たないのと同じである。

もっとも、たったひとりだけで作っていたいのなら、約束もルールも問題ではない。それは、俳句が柳田翁の言う「群の芸術」であることに、もとづいている。おたがい同士、グループとして楽しみたいのなら、約束は共通の諒解事項として温存しておくに越したことはない。

ところで、同じような約束の一つに、踊がある。俳句で、踊と言えば秋である。と言うことは、踊とは盆踊だということである。

高野素十氏の作品に、

づかづかと来て踊子にささやける

というのがある。これは当然のことながら、秋季に分類される。だがこれは、氏がヨーロッパ留学中の作品なのである。ヨーロッパに盆踊があるはずもない。だが俳句では、この句に踊子という季語がはっきり詠みこまれてあるという事実を尊重する。言わば、擬制としての有季俳句である。読者はこれを、盆踊の一情景として受取ることが許される。

擬制というのは、たとえば、

檻の鷲さびしくなれば羽搏つかも　石田　波郷

という句で、檻の鷲に季があるはずもないが、ここに「鷲」という冬の季語がはいっていることを尊重することであり、あるいは、

赤鱝は毛物の如き目もて見る　山口　誓子

という句で、水族館の赤鱝（あかえい）は無季のはずだが、ここに「赤鱝」という季語が実在していることを尊重し、あるいは、

あきらめて鰤のごとくに横たはる　加藤　楸邨

という句で、鰤は形容句としてあるに過ぎないにもかかわらず、「鰤」という言葉が十七字中にところを得ているという事実が、尊重されるのである。

こういうことは昔からあるので、季感尊重論者は憤慨するかも知れないが、これは俳句では、季感よりも季語の方が優先していることを物語るものである。

閑話休題、踊というのは、昔はもっぱら、盆踊を意味した。今日のように、舞踊一般を意味したものではなかった。踊は盆踊とそれを導き出した念仏踊が盛んになって、芸能としての資格を得た。それ以前の芸能は、舞である。舞と踊とは、今でこそごっちゃに考えているが、もとは対立的なものである。旋回運動が舞で、跳躍運動が踊である。どちらも信仰行事に起原を持っている。

跳躍は地面を踏みしずめ、踏みならすことだ。邪悪な地霊を退散せしめるためである。盆に来る精霊を御馳走で歓待し、そのあとで踊のなかに捲きこんで送って行くのも、そういう意味を持っていよう。祖霊だから、邪悪な霊という感じはもう持っていないが、もとは神になりきれない霊を送るのが本義であろう。

それに対して、舞は年に一回訪れてくる神へのもてなしである。舞は、その祭のにわをぐるぐるまわることが主眼であろう。能の舞には、舞台の上での極度に洗煉された旋回運動がある。

関西では舞と言い、東京では踊と言う。一方は能を基本とし、一方は歌舞伎を基本としているからである。お国歌舞伎は念仏踊がもとになり、念仏踊は時宗の踊躍念仏である。昔の踊る宗教である。

東京でも各所の空地で盆踊をやるようになったのは、何時からだったろう。たしか、東京音頭などというのが出来たころで、満洲事変が始まって以後だったように思う。あのころから東京人が馬鹿騒ぎをするようになった。農村と違って、まったく娯楽本位のものだ。その反対に、本当の氏神祭の方は、だんだん寂れてきたように思う。クリスマスが騒々しくなったのも、そのころからだ。

戦争による中断はあったが、戦後には、当時に輪をかけた形で、盛大になった。パチンコ、競馬、競輪、週刊誌、社用族、ゴルフ、野球、プロレス、ジャズ、マンボ、登山、温泉、旅行、ボウリング――その他いっさいのレジャー・ブームのもとをたずねると、あの東京音頭にあったような気がする。地方小都市でも、ほんの猫の額ほどの空地と見れば、櫓を組んで盆踊をやっているが、古風な鄙びたものでなく、東京流の模倣であることが多い。阿波踊があんなに大きくなり、観光本位のものになったのも、テレビのおかげである。盆踊は年々盛大になり、神輿かつぎの方は年々衰微して行く。盆踊の方が、大衆社会における消費文化のマンモス化の波に乗っているからである。

四五人に月落ちかかる踊かな　与謝　蕪村

こんな盆踊に、どこかでお目にかかってみたいものである。

踊うた我世のことぞうたはるゝ　高浜　虚子
ひとところ暗きを過ぐる踊の輪　橋本多佳子
棒のごとし石のごとし夫の阿波踊り　加藤知世子

月(つき)

八月十五夜を「名月」または「月見」というのは、中国の中秋名月の詩歌が輸入されて、風流人の行事になる前に、信仰的な意味があった。暦の普及する前には、月々の十五日が祭の行われる折目(おりめ)の日であって、ことに陰暦八月は初穂祭であったらしい。今でも地方では、風雅と関係のないさまざまの習俗が、この日に行われている。芋・団子・枝豆・芒の穂などを供えるのも、もともと農耕行事に基づくものらしい。

折口博士によれば、月に待つ習慣の伴うのは、月の出に先立って三尊仏の来迎を拝することができると信じたからだろうと言う。もちろんこのような仏教的意味が習合して来たのは、もともと、月を拝する生活伝承があったからである。来迎仏を拝するという、信仰で見られた月影を、「月しろ」と言い、それが後に、月の出しおの空明りを意味するようになったらしい。夜更けて出るのを神聖視して、二十三夜待・二十六夜待・立待・居待・臥待・更待などの、月を待つ行事が行われるようになった。ことに、十五夜の月にはこの信仰が盛んで、それが月見の行事の基礎となった（折口信夫『琉球国王の出自』参照）。唐風を模した中秋月見の宴は、寛平・延喜のころから行われ、中国で行われない十三夜の月見も、同様であった。

連俳では、「月」は「花」に次いで大事のものとされ、連歌では「月の定座」「花の定座」が定められている。秋の月を賞する生活的伝統が、秋の歌に月の歌を氾濫させ、八月の景物としては「月」を措いては外にないくらいの気持を持っていた。『白髪集』（宗祇）には、「八月に至りては、秋も半の事なれば、草にも木にも色〳〵の心のたより詞の種なる物多し。いづれをさしてとも筆に及ばず。そは秋の哀ふかきは此時成をや。漸草〳〵の花のおとろへ、虫の音もよわり、木葉も移ふ色外に顕はれ、おのづから作意を催す折なるや。殊十五夜は月のたぐひなき時なれば、古人も色〳〵様〳〵に心を尽し読侍り。（例歌省略）古人は八月は多分月の歌のみ読給へり。連歌にも発句などは、此月は月耳心にかくべきと見え侍り」とある。

杜牧が早行の残夢、小夜の中山に至りて忽驚

馬に寝て残夢月遠し茶のけぶり　松尾　芭蕉

月天心貧しき町を通りけり　与謝　蕪村

はなやぎて月の面にかかる雲　高浜　虚子

月黄なり眩しきほどの黄にはあらず　安住　敦

月を帰り指に遊ばす琴の爪　沢木　欣一

（平凡社版　俳句歳時記）

雁（かり）

古来、鵠（くぐい）（白鳥）・鶴・鷺などとともに、霊の鳥とされた。魂の運搬者と考えられ、ことに鵠と雁とは、常世国（とこよのくに）の鳥とされ、「遠つ人・かり」と枕詞を冠せられ、また「あまつかり」とも言った。仁徳記には、雁が卵（こ）を生んだことを瑞祥とした歌がある。かりがね・たずがねと、その音（ね）をとくに言ったのは、上空を鳴き過ぎるその声に聴き入ったからである。後には「がね」を接尾語風に見做して、雁・たず（鵠・鶴・鴻などに通じた名）その

ものを現すようになった。時鳥と同じく、雁の声を「名告る」と言っている。

ぬばたまの夜渡る雁はおほほしく幾夜を経てかおのが名を告る　（万葉集、巻十）

夜の名乗りを、ことさら聞き洩らすまいとしたのである。詞人たちが、ことに雁が音を賞美したのは、その基礎に、霊鳥に対する信仰的な心理が在った（折口信夫『万葉集研究』参照）。現在動物学者は、雁の一種に「カリガネ」と命名している。万葉集巻八、十には、秋の歌として雁が音はしばしば歌われている。

秋の田の穂田を雁が音闇けくに夜のほどろにも鳴きわたるかも

古今集以下も同様で、中国における蘇武その他の伝説故事や、漢詩にしばしば詠まれていることも一つになって、「雁の使」「雁のたまずさ」など、その音に哀感をそそられることが多かった。

連俳で雁を秋季に定めているのは、遠来のまれびとの鳴く音を賞美する伝統を引いているからである。雁は鴫と同じく、秋渡って来て翌春帰って行く鳥であり、今の動物学で言う冬鳥だから、冬に分類すべきだと言うのは理窟にすぎない。燕・蛙・蝶などが、その出現の季を以て春季に分類されているのと同様で、初雁の時期を主体としたものである。

近世にはガンと音で言うことが多くなり、カリは雅語の感じを持って来た。俳諧でも、

カリと訓むべきか、ガンと訓むべきか、諸説の分れるものがある。例えば芭蕉の、

病雁の夜寒に落ちて旅寝かな

の句は、ビョウガン・ヤムカリ・ヤムガンと諸説が分れている。狩猟や味覚の対象としては、ガンと言うべきであろう。

振売りの雁哀れなり夷講　芭蕉

その音を賞するときは、カリと訓むべきことが多い。ただし「雁、雁、棹になれ」と言った童言葉は、ガンである。「病雁」と熟語になった芭蕉の前掲の句の場合は、「ビョウガン」の訓みが適切だと思う。

雨かゝる障子の音や雁の声　高田　蝶衣
雁のこゑすべて月下を過ぎ終る　山口　誓子
中天に雁生きものの声を出す　桂　信子

（平凡社版　俳句歳時記）

秋(あき)がわき

『俳諧歳時記』（改造社版）で「秋乾き」という言葉を発見したとき、なにか変な言葉だな、と思った。松瀬青々の説明によると、「秋は風もするどく、日もいら〳〵と、物の乾きの著しきをいふ」と書いてある。その通りにちがいないし、曝書(ばくしょ)なども、土用中よりむしろ秋にやった方がよいくらいである。正倉院の曝涼も秋である。

だが、私がこの言葉から受けた最初の印象は、なにかきたない言葉だということなのである。こんなことはある程度まで主観的な問題かも知れないが、語感として安定したものがなかったのである。机の上で作られた言葉でなく、自然に生活のなかから生れた言葉なら、もっと揺ぎのない感じがあるはずだ、と思えた。この歳時記の例句に、安井小洒の「甃砌(しゅうせい)の鉢木中々秋乾き」というのがあるが、これは「秋乾き」という季語の例句として、わざわざ作ったのではないかと思えた。小洒はこの書物の編纂に当って、青々の助力者の一人だった。

かわくという言葉は、なにも乾燥を意味するだけではない。試みに「辞海」を引いてみると、

一、熱のために湿気がなくなる。かれる。ひる。ひからびる。

二、のどに潤いがなくなって、飲料を欲する。渇する。

三、がつがつする。

とある。このうち、二ははなはだしく飲みたい状態であり、三ははなはだしく食いたい状態である。英語のドライは、酒が欠乏している状態にも言うから、第二の意味に該当する。ただし、今日の流行語としての、ドライ（ウェットに対する）は、この三つの意味には当てはまらないが、人情や情緒を湿ったものとすれば、それを欠く状態だから、やはり第一の意味から派生している。

私どもは子供のころ、爪を切って火にくべることを、なぜか禁ぜられていた。異臭をはなつからかと思っていたが、これはもっと深い民俗上の禁忌の意味があるのであって、爪を火にくべると「渇き（かわ）の病い」になるという言い伝えが、山陰や四国などではあるという。これは食べても食べてもまだ食べたい病気だという。餓鬼道であり、「かわき」の第三の意味に当る。信州の東筑摩郡でも、杓子をなめたり、また杓子の飯を手で取らずに食べると、この病いにかかると言い、北安曇（あずみ）郡では、杓子で飯を食べ、また飯櫃（めしびつ）をたたくとこの病いにかかるとも、猫の毛を食べると渇きの病いになるとも言う。

それで思い出したことがある。子供のころ私は、母について加賀の金沢からやってきたお婆さんに、茶碗のふちを箸でたたくと餓鬼がのぞくとおどかされたことがある。箸太鼓をたたいてはいけない、と言われた。餓鬼がのぞくと聞くと、私は台所の天窓をふりあおいで見たものである。それと、関連のあることかも知れない。

このような用例での「かわき」は、飢渇の意味であって、乾燥の意味ではない。東北地方や信州などで「けかち」と言い、熊本で「けかつ」と言うのは、字を当てれば飢渇であろう。凶年・飢饉の意味である。岩手県の北部の山村では、飢饉の年に猪がふえるのを「けかちじし」と言うそうだ。昨年（昭和四十年）の北海道では、天候の異変で山に食糧が乏しく、熊が人家近く出て、家畜や人を襲うことが多いという。さしずめ「けかちぐま」とでも言ったらよかろうか。

熊本県の南関では、「けかつ水」というのがあって、この水が涸れると凶作になるという。長野県の「けかつ谷」は、この谷へ入ると生還せぬという。これは変死者すなわち餓鬼道を意味するのか。「けかつ」はすなわち死に通ずるということなのか。

ところで私は、『全国方言辞典』（東条操氏）を見ていたら、「あきがわき」という言葉を発見し、多年のひそかな疑問が、一時に解決するように思った。説明には「（秋飢渇の意）秋に食慾の増進する事」とあり、長野県佐久地方・熊本県南関でこの言葉は採集されている。「けかち」または「けかつ」の言葉が採集された地方と、ほぼ一致するようである。

これだと私たちは、日常だれでも経験していることだ。夏痩して、食欲の減退している人も、秋になると体力が回復して、大いに飯がいけるようになる。秋はものの味か、何でもうまくなるのだ。天高く人肥えて、がつがつする季節である。このような意味で「秋渇き」が使われているとすれば、私はこの言葉の語感に、何の不安定な感じもないのである。日本の常民が、生活の経験の上に立って、生れた言葉の重量感を持っている。私はこの言葉によって、マツタケやクリやカキやアキナスビやサンマやアキサバやイワシやシャケや、さまざまの味覚の秋を思い出すのである。

『お天気歳時記』（大野義輝・平塚和夫氏共著）という本に、「気象の方から言うと、秋渇きの外に、秋乾きがあってもよい」と書いてある。それはそうだが、正しい国語という方から言うと、秋渇きは及第で、秋乾きは落第なのである。

屈強の男揃ひや秋飢き　斎藤俳小星

次のような句は、秋の乾燥である。

海の上に逆光の鳶秋乾く　松崎鉄之介

「秋がわき」でなく、「秋かわく」と言っていることに注意。

野分（のわき）

今どき、野分などというと、なかなか気取ってきこえる。台風と言えば、そのものズバリだからである。

のわきとものわけとも言う。今の台風より、やや広い意味を持つだろう。台風が通過したところだけでなく、それた地方でも、その余波をこうむって強い風が吹くから、それもやはり野分である。

昔の人は台風を前以て観測することなどできなかったから、秋の突風と感じたであろう。もっとも舟乗りや漁師は、台風の性質について、なかなかこまかい観察をしていた。「やまじ」というのは、台風あるいは台風期の局地的な低気圧に伴う南寄りの暴風だが、「やまじがわし」などというのは、台風の接近とともに風向きが時計まわりに回転することだ。また長崎県では、「おっしゃな」という名の風があるが、「押しあなじ」つまりあなじの押しかえしという意味で、風向きは東・南から南・西とまわっておさまり、風の王として、昔から恐れられている。

野分というのは、どういう意味だろう。野草を吹き分けて吹く意味だと言っているが、も一つなにか落ちつかない。野分の風ともいう。源氏物語に野分の巻があり、枕草子にも野分のまたの日（野分あと）の名描写があって、野分というのは当時の標準語だった。だが、同じく当時の標準語だった東風が、おそらく瀬戸内海沿岸地方の漁民・船乗りたちの言葉を採り入れたものであったのと同じように、野分にもその前に、常民たちの生活語としての前時代がなかっただろうか。それを断定することはできないが、柳田国男翁が、今も使われる「わいだ」という風の名から、次のように推定しているのは興味を惹く。

静岡県富士郡にアイザ、紀州日高郡にアイデ、同じくワイタカゼ、讃岐のワイダ、伊予・土佐のワイタ、日向細島にウェダ……などの言葉を比較対照してみて、これらに共通なのは、外海からくる風で、主として秋の稲作ごろの、ありがたくない強風という、共通項がある。翁ははじめ、寄り物の多いというアユという風のもとの意味を考え、アイ（アユ）―アイザ―ワイダという関係にさぐりを入れられたが、べつにワイダがアイザを派生せしめたとも考えられるとした。方言のワイダと、上代の雅語のノワキとのつながりに、気づかれたからである。

二百十日前後の暴風にかぎって、ノワキというのは、野の草を吹き分けるといった説明では、十分納得することはできないのである。そして柳田翁は、古代のワクという動詞が、「分」という漢字を当てられる前に、今よりも一段とその内容が充実して、たとえば、立ち重なる雲のあいだから、突如として強い風の吹いてくるという現象までを、その一語で言い表すことができたのではないか、と想像する。そして、「私は一向に古文辞の調査には不調査だが」と言って、古事記にいう「天の叢雲をいづのちわきにちわきて」という詞章を、道別けだと言って聴かせてもらっただけでは、まだ「そうですか」と言って引き下ることはできない、と言う。

そもそもイヅノチワキとは何なのか。なにが叢雲をチワイたのであるか。チというのは、実は風のことだということが許されるなら、ワイダという風の名も、拠るところがあると言える。つまりワイダというのはワキカゼだとも考えられるからだ。――

これが柳田翁の、愉快な想像説である。ワキという古代語に、すでに恐ろしい強風という意味が含まれていなかったかという想像説を、ワイダおよびそれに同類の語から立てられた。野分とは、野の草を吹き分ける風だといった、子供だましの説が幅を利かしているうちは、こういった想像説も、また許されると言わなければなるまい。

荒れ〳〵て末は海行く野分かな　　窪田　猿雖
鳥羽殿へ五六騎急ぐ野分かな　　与謝　蕪村
大いなるものが過ぎ行く野分かな　　高浜　虚子
奈良坂の葛狂ほしき野分かな　　阿波野青畝
みちのべの狗尾草も野分かな　　三橋　鷹女

青北風（あおぎた）

漁師たちは、季節の気配を、風の向き、海の色によって、敏感に感じ取るらしい。日本語で風の名前をさまざまに造語したのは、いつも命を一片の舟に托している漁師や舟乗りたちなのだ。

それらは美しい言葉が多いが、何も彼等は風流気から作ったわけではない。風の性質を微細に感じ分け、言い分けることが、彼等にとっては生き死ににかかわる問題だからである。

青北風というのも、その一つである。台風シーズンも過ぎると、駆け足に本格的な秋がやって来る。暦の上では晩秋に近い。季節風が交替し、涼気を追って北がかった風が吹く。これが吹くと、まだ逡巡（しゅんじゅん）していた夏の気が去り、めっきり秋らしくなる。そして空気は澄み、海も空も美しく青むのである。

青北風とは、よくも名づけたものだ。机上で考え出した言葉ではなく、潮の香りにみち、空の青、海の青に沁みとおったような、生きた言葉である。

青北風が吹いて艶増す五島牛　下村ひろし
青北風や目のさまよへば巌ばかり　岸田稚魚
（葵　昭和四十年十一月）

虫（むし）

虫と言っても、秋の鳴く虫の総称である。虫の声、虫の音、虫時雨、虫の闇、虫すだく、などと言ったら、俳句では秋である。

虫を秋とする感覚には、俳句前史の古い伝統がある。平安時代の『和漢朗詠集』『古今六帖』『堀河百首』などに、すでに虫という和歌の題は、秋に立てられている。そして、そこに詠まれている虫には、鈴虫・松虫・くつわ虫・きりぎりす、はたおる虫などの外、ひぐらしがはいっている。夕方に鳴く声の清亮（せいりょう）さによって、秋の鳴く虫に準じたのだろう。『枕草子』に「虫は、鈴虫・蜩（ひぐらし）・蝶・松虫・きりぎりす・機織（はたおり）・われから・ひを虫・ほたる」と数え上げている。鳴く虫も鳴かない虫も、ごっちゃに挙げている。このうち「ひを虫」というのは、カゲロウの類らしい。
狂言の「月見座頭」では、ひぐらしをも含めて、秋の鳴く虫を数え挙げたなかに、「虫も多い中に、此の松虫に上越すものはござるまい」と言って、松虫を第一とし、鈴虫を「松虫に並ぶもの」としている。

万葉びとは虫の声をどう聞いていたか。残念なことに、彼等は蟋蟀（こおろぎ）だけしか歌っていない。だがこのコオロギは、コオロギだけにかぎらず、秋の鳴く虫の総名だったらしい。まだ、スズムシとかマツムシとかクツワムシとかいった名前は、つけられていなかった。無差別に彼等はみな、コオロギの名で呼ばれていた。

昔の人は、動物や植物の名前を、彼等の生活に何等かのつながりがないと、なかなかつけることはなかった。万葉集に出てくる虫の名は、意外に少いのである。「かふこ」（蚕）や「すがる」（蜂）や「ひひる」（蝶、蛾）や「夏虫」（夏、人家近く飛来する虫、とくに火取虫）や「あむ」（虻）や「あきつ」（蜻蛉）や「かぎろひ」「ひぐらし」「せび」（蟬）「こほろぎ」「ほたる」ぐらいのものではなかったか。そのくらい知っていれば、生活に支障はなかった。「まつむし」「すずむし」などと呼び分けて、その鳴く音を聞き分けるなどという風流気は、まだ彼等にはなかった。

そういう遊びをやり出したのは、平安時代の堂上貴族たちである。個別的な虫の名は、延喜ごろの歌から現れてくる。虫を前栽に放って賞することが、そのころからはやって、寛弘のころは、彼等は洛西嵯峨野あたりまで出掛けて、しきりに虫をさがしたのである。虫の声を競い合うことは、一種の競技とすらなった。また、虫の声がしきりに彼等の感傷を駆り立てて、「虫の音のしげき野辺ともなりにけるかな」（古今集、哀傷）などという歌を詠んだのである。

虫の音を賞し、虫の音のそれぞれの微細な相違を聞き分けるということになって、始めて一つ一つ特別の名で呼ばれるようになった。どれもこれも「こほろぎ」では、あまりに芸がないわけだ。松風の身にしみわたるような澄んだ音色に鳴く虫は松虫、鈴を振るように鳴くのが鈴虫、というわけだ。

ところでこの鈴虫と松虫とは、今のわれわれとは、名前が逆になっていた。チンチロリンが鈴虫で、リンリンが松虫だった。鈴虫を方言で、チンチロリンと言っている地方は、今でもある。今でも地方によって違っているのだから、この名前は、まだ本当には安定していない、と言ってもよかろう。こんな趣味的なものの名前になると、名前が違っていたって、どうということはなく、生活には影響がないからである。殿上人の遊戯から始まった名前だから、いつまで経っても、名称が安定しないのである。コオロギとキリギリスも、逆であった。平安時代にキリギリスと言ったのは、コオロギのことである。

秋風にほころびぬらし藤袴つづりさせてふきりぎりす鳴く　　在原棟梁（むねやな）（古今集）

これは、ツヅレサセコオロギだ。もっとも普通のコオロギで、リーリーリーと鳴くやつだ。秋の用意を促すように、衣のつづれを刺せ、と鳴いていると聞いたもので、今でも俗間に、「肩刺せ裾させ」と鳴くなどと言っている。

きりぎりす鳴くや霜夜のさむしろに衣かたしき独りかも寝む　摂政太政大臣
（新古今集）

百人一首で有名な歌だが、今いうキリギリスが鳴くのは、主として昼間であり、また霜の降る晩秋ではなく、盛夏から初秋へかけてである。

今言うキリギリスのことは、平安時代には機織または機織る虫と言った。これはチョンギースと鳴く声を、機の音に聞き取ったものである。

コロコロコロと鳴くのは、一番大きいエンマコオロギだ。

平安時代にコオロギと言ったのは、今言うオカマコオロギ（カマドウマ）のことであるらしい。これは翅がなく、鳴かない、脚が長くてよく跳ぶやつで、恰好もかわいげがない上に、便所の中などによく跳びこんでくるので、きたない感じがする。俳句ではよくイトドと詠んでいる。

海人（あま）の屋は小蝦（こえび）にまじるいとどかな　松尾　芭蕉

エビに似ているのでエビコオロギとも言う。だが、古歌には「いとど鳴く」と言っているから、コオロギのことである。ちちろ虫というのも、コオロギの異名である。

ずいぶんややこしく錯綜しているが、仕方がない。

私たちが習った小学校の国定教科書に、虫の名を織りこんだ唱歌があった。ややこしい虫の名を児童に覚えさせせようなどと、そのころの文部省役人は考えたらしい。おかげで虫の名の区別は、私たちの頭にもはいったし、この歌詞は今でも覚えている。

一、あれ、マツムシが鳴いている
　　チンチロチンチロチンチロリン。
　あれ、スズムシも鳴き出した
　　リンリンリンリンリーンリン
　秋の夜長を鳴き通す
　ああ、面白い虫の声。

二、コロコロコロコロ、コオロギや
　　ガチャガチャガチャガチャ、クツワムシ。
　あとからウマオイ、追いついて
　　チョンチョンチョンチョンスイッチョン

秋の夜長を鳴き通す
ああ、面白い虫の声。

とにかくこの幼稚きわまる歌詞の中には、代表的な虫の名とその鳴き声とが、五つ挙げてある。ところが、私の姉たちが習った歌詞は、第二節の一行目は、

キリキリキリキリキリ、キリギリス

であった。私は姉の教科書を見て、この元の歌詞を知っていた。だが、なぜキリギリスがコオロギに変えられたかは知らなかった。後で考えると、虫の名と虫の声とが違っているというので、論議があったのだと思う。キリギリスはもちろん、チョンギースで、鳴くのはおもに昼間である。それほど、まちまちで、正確なことは分らなかったのである。

縁日の夜店で、虫売が出ていたりすると、つい立ち止まってしまう。ありきたりの虫が多いが、中に珍しいのもあって、値も高い。カンタン、クサヒバリ、ヤマトスズ、アオマツムシなどという種類である。フヒョロフヒョロと鳴くカンタンの声は、いちばん幽玄な感じだが、どうしてこんな名前がついたのか。この声を聞くと、この世ならぬ邯鄲(かんたん)の夢のような感じだというのであろうか。

生物学者の大町文衛氏が、セミは虫の声楽家で、スズムシやマツムシなどは、虫の提琴

家だと言ったことがある。声の音質を、よく区別しえていると思う。昔の日本人は、もっといろんな虫を鳴かせてみたかったらしい。「蓑虫鳴く」という季題がある。枕草子に、秋風が吹くとチチヨ、チチヨと言って鳴くと、書いて以来のことである。「蚯蚓鳴く」という季題もある。なんの声か分らないが、秋の夜に、ジーと鳴く声がきこえる。それを、ミミズが鳴くと言ったのだが、本当はケラが鳴くのだと言っている。「藻に棲む虫の音に鳴く」というのがある。ワレカラという小さな虫だが、これももちろん鳴きやしない。

夜は夜の天の恵みに虫鳴くも　　上村　占魚
蟋蟀に覚めしや胸の手をほどく　　石田　波郷
松虫や子等静まれば夜となる　　阿部みどり女
鈴虫は鳴きやすむなり虫時雨　　松本たかし
鉦叩ところを移す幽かかな　　中村　汀女
がちや〳〵や月光掬ふ芝の上　　渡辺　水巴
ふるさとや馬追鳴ける風の中　　水原秋桜子
ことときれてなほ邯鄲のうすみどり　　富安　風生
草雲雀かなたのひともたもとほる　　大野　林火
哄ひゐるこころの底のきりぎりす　　野沢　節子

虫（むし）のいろいろ

先日、ドナルド・キーン氏との話に、日本人とアメリカ人とでは、昆虫の好みに違いがあることが話題になった。氏は、日本人はトンボやセミが好きだが、アメリカ人はセミの鳴き声には関心がなく、トンボはむしろあの大きな眼がこわいという。そのかわり、日本人の誰もがいやがるガを、美しいと思うらしい。

蓼（たで）喰う虫も好きずきというから、人により民族によって好みが違うのは仕方がない。日本にも、「虫めづる姫君」など、グロテスクな虫の数々を愛する少女もいなかったわけではない。

故角川源義は「赤とんぼ」の歌が好きだった。初秋のころ群をなして飛びかうアカトンボは、なるほど子供たちの友で、童（わらべ）うたにはふさわしい。だが、オニヤンマなどになると、キーンさんがこわいという気持もよく分る。あの大きな眼をじっと見ていると、気味が悪くなってくる。

都会ではトンボの姿を見ることが少くなった。アカトンボだけでなく、シオカラトンボもムギワラトンボもいなくなった。その代り子供たちは、養殖カブトムシや養殖クワガタムシなどを買いあさっている。気の毒な気がする。

ある新聞漫画に、「養殖セミ鑑賞会」という看板をかけたところに人が集まっている絵が描いてあって、笑った。「やっぱり、養殖ではね」などと、聴き手はその鳴き声に満足していないらしい。

わが家では昨朝（八月八日）、はじめてツクツクホウシの声を聴いた。うだる暑さがこのところ続いているが、やはり虫は地中にあっても、立秋の到来を感じるのかと思った。

中国には蛾眉という言葉があって、美人の眉や三日月の形容に使うが、やはりガを美と感じているのか。先日テレビで、ヨナクニサンの生態を見たが、なるほど大きくて派手な色彩で、こんなのならアメリカ人好みかと思った。日本では残念ながら——

酌婦くる灯取虫より汚きが　　高浜　虚子

（ポスト　昭和五十三年九月）

鮔（ごり）と鰍（かじか）

文藝春秋の講演会で金沢へ行ったとき、ゴリ屋へ中食に行った。ゴリというのは、浅野川や犀川でとれる小魚で、両方の川岸にゴリ屋があり、私たちが行ったのは、「滝の白糸」で名高い、浅野川の方のゴリ屋である。アユもさかのぼるという清流で、ゴリ屋の座敷は流れに向っていた。

ゴリという魚には、ハゼ類もカジカ類もあるらしい。これは地方によって、混同して呼ばれることが多い。東北では、カジカの小さいのという意味で、寸に足りないハゼ類をチヨコカジカというらしい。加賀では小さいハゼ類をゴリと言い、カジカをマゴリと言うそうだ。ただし私は、金沢でついにマゴリという言葉を聞かなかった。

女中の話によると、ここでは浅野川でとれる魚なら、なんでも料理するらしい。ウグイ、ウナギ、アユ、ヤマメ、イワナ、サワガニなどである。わけてもゴリは、その日の膳に、つくだ煮、汁、から揚げと、三種類も出された。

ひなびた味である。私どもは一人残らず舌つづみを打ったが、阿部知二さんだけは、頑としてゴリのうまさを否定してこの行に加わらなかった。西川辰美さんが生きているのを見たいと言うと、水を張ったどんぶり鉢に、五、六匹入れて持ってきた。これを生きたまま手づかみにして、塩をなすって食べるとうまいと、女中が言ったが、さすがにだれも試みるものはなかった。

西川さんは、女中に乞われてゴリの即席写生を試みた。頭でっかちの、グロテスクな恰好だが、なんとなく愛敬があり、長さ一寸五分ぐらい、全身が黒い。だが西川さんは、ちょっと見ても気づかない五筋ほどの横縞を描き添えたのは、さすがだった。

翌日、私どもは富山県の福野町という、山間の町に行った。ここで金沢のゴリの話をすると、農業組合のHさんは、金沢のゴリはすべてここらあたりから送って、生簀（いけす）に飼っておくのであると、自慢した。私は松島へ行ったとき、土地の船頭が、浅草ノリも広島ガキも、ほとんど松島の種であると言って、自慢していたのを思い出した。天城のワサビ漬も、信州伊那の産であると、土地の人に言われたことがあった。だが松島のノリ、伊那のワサビ漬、越中のゴリでは、話にならないところに、その土地の引け目がある。くやしさ半分の自慢である。

（後に私は、琵琶湖の北岸で、ゴリを荷造りして、金沢へ送るところを見たと、写真家の葛西宗誠さんに聞いたことがある。金沢のゴリも、浅野川と犀川だけでは、どうもまかないかねるらしいのである。琵琶湖でゴリというのは、ハゼ類のヨシノボリという小魚だと聞いた。京都高野川のゴリ汁は、茶人がよろこぶものであるらしい）。

福井に行ったとき、村上元三さんの希望で、佐々木小次郎の古跡、朝倉義景の居城のあった一乗谷に向って、遊覧バスを駆った。福井の本屋さんのKさんが、バスガールもどきに沿道の風景について説明した。バスは九頭龍川に沿って走り、川の特産の魚として、Kさんがアラレガコの名物を挙げたとき、私は口をはさんだ。金沢のゴリ、すなわちカジカと同類であろうと。形が大きすぎるので、カジカ類とは思えないらしい。だが、井上靖さんの『あした来る人』という小説には、曾根というカジカ専門の生物学者が登場し、北海道の海産カジカとして、カエルカジカ、オニカジカ、ケムシカジカ……等々の名前があげられている。これらはおおかた大きいらしい。

アラレガコは九頭龍川の天然記念物で、珍しい習性があるという。冬、産卵を終えた彼らは、おなかを上にして、アラレに打たれながら流れに浮んで下ってゆく。アラレガコという名前のあるゆえんである。アラレガコはガコの一種で、ガコはまたガクブツともいうと、Kさんは言った。歳時記には昔からガクブツ（杜父魚）の名で冬の季題にはいってくる（ゴリは夏、カジカは秋になっている）。私はガクブツがすなわちアラレガコだと思っていたが、Kさんによれば、ガクブツの一種がアラレガコらしい。すると、越前のガコは、加賀のゴリ、東北のカジカとほぼ同じものを意味する一つの総称なのだろう。

天然記念物でも、自然に網にはいってきたら、仕方がないから食べるのだと、Kさんは笑った。カモシカだって、猟師の弾に自然にあたったから仕方がない、というのと、同じ論理である。東北のある県で、白鳥と知らないで打ったから、食ってしまったと言った猟友会の副会長がいた。

最後の山中温泉では、夜になって、清流の音とまじりながら、コロコロコロというカジカの涼しい声をきいた。もちろん魚のカジカでなく、カエルのカジカである。昔の人は、魚のカジカが鳴くと、本当に思っていたらしい。旅館の女中は、カエルはオタマジャクシからかえるが、カジカは卵からいきなりカエルになると言った。淀んだ池などでならともかく、清流ではオタマジャクシを見ることが少いのか。無邪気な誤解であると思っていると、かたわらの桶谷繁雄さんが、カジカもやはりカエルの一種だから、オタマジャクシからかえるのですと、科学者らしく、彼女たちの蒙をひらいてくれた。

門川は鮔（ごり）の生簀を経てはしる　阿波野青畝
鰍（かじか）より骨ばりし顔鰍突く　堀口星眠
杜父魚（がくぶつ）のえもの少き翁かな　与謝蕪村
霰がこ啖（く）らひ文人の棋譜を見る　石原八束

鶉（うずら）

鶉と言えば、今はもっぱら焼鳥などにして食べるものだ。また、ウズラの卵も食べている。だが、私たちの口にはいるものは、おおかた養殖のウズラである。自然にウズラの姿を見、ウズラの声をきくことは、非常に少くなった。

蕃殖地は、東北と北海道で、秋になると関東以南の地へ渡ってくる。秋の山野に、グッグックルルと鳴いている。

昔はこの鶉の鳴き声を賞して、籠で飼ったのである。鳴禽類の可憐な美声とちがって、底力のはいった声であり、江戸時代の武家の好尚にかなって珍重され、それから民間にも流行した。鶉の鳴合せ会がたびたび催されたという。

だが、鶉の鳴き声を賞するようになったのは、なにも武家に始まったことではない。飛鳥・奈良時代の昔から、鶉の鳴き声にある感じは持っていたようである。古い枕詞に「鶉鳴く」というのと、「鶉なす」というのがある。ウズラは草の中をはいまわるから、「うづらなす」と言って、「い這ひもとほり」の枕詞となった。また、草深い曠野に栖むところから、「うづら鳴く」と言えば「古りにし里」にかかる。

鶉鳴く古りにし里ゆ思へども何ぞも妹に逢ふよしもなき　大伴家持（万葉集）

平安朝になると、

うづら啼く真野の入江の浜風に尾花なみよる秋の夕ぐれ　源　俊頼（金葉集）

夕されば野べの秋風身にしみて鶉鳴くなり深草の里　藤原俊成（千載集）

といった歌が、名歌として喧伝され、その鳴き声のあわれさが強調されて、次第に秋の季感を濃厚に持つようになってきた。それももともと、「鶉鳴く」という枕詞が、荒廃した場所という感じを伴って用いられたことから、秋の悲哀感をことさら掻きたてるような気分が、伝統としてあったのだ。俊成の歌が、京都郊外の地名である深草の里によって、適切な季感を出しているのも、その地名に草深く荒れた古里の連想を伴うからである。鶉というと、和歌の題としては秋に分類されるようになった。

だから、俳句で鶉を秋としているのも、そういう伝統的な季感にもとづいているのである。鶉を猟鳥として扱っているのでもなければ、金銀をちりばめた鶉籠に飼う高価な飼鳥としてでもなかった。荒れはてた秋の野を背景にしたものである。

芭蕉に、

桐の木に鶉鳴くなる塀の内

という俳句がある。これは一体、どんな情景なのだろう。これは、元禄ごろの豪壮な邸宅のさまなのか。花札の桐の二十の絵にあるように、鳳凰を住まわせるという桐の木が、元来豪奢な感じを持つ。その木に、鳳凰ならぬ高価な鳴き鶉が止まって鳴いているというのか。

だが、別の解釈が成立つ。これは前に挙げた、俊成の「鶉鳴くなり」の歌を、本歌取りしている句と見るのである。すると、俊成の歌の荒蕪の感じも取りこまれているはずである。塀の内とは、かつて豪奢を誇ったある邸が、今は見るかげもなく荒れはて、破れた塀の中に、草がぼうぼうと茂り、かつての栄華の名残に、桐の木が一本立っているのである。鶉が棲みつくまでに、荒れはてているのである。

この二つの解釈の取捨は、読者の選択にまかせる。何か意味ありげな表現で、それが落着くところまで至ってないから、解釈が揺れるのである。私は後の解釈に傾いている。

麦鶉という季題がある。伸びてきた麦畑のなかに、子をはぐくんでいる鶉のことである。こんな季題は抹殺せよと、中西悟堂氏は言われる。蕃殖期は五月から八月で、この期間に関東以西に残留するものは、まれにしか見られなくなったから、麦鶉という季語も死んでしまった。

だが昔は、関東以西にも相当見られて、麦畑のなかで捕獲することができたから、こんな言葉も生れたのである。抱卵中の雌の鶉は、なかなか人が来ても逃げないので、捕えやすかったらしい。今でも北海道で、大きな牧場で牧草を刈るとき、逃げおくれて、機械のなかに捲かれたり、または野火に焼かれたりすることが多いらしい。焼野のきぎすという言葉は、子を思う親心のたとえに言うが、焼野のうずらという言葉があってもよいわけである。麦鶉という季語を生んだウズラの習性は、ちゃんと生きているわけである。この点が、野鳥の大家である中西氏の意に反して、麦鶉という言葉を私が捨てがたい理由である。

むら尾花夜のはつ〳〵に鶉鳴く　加藤　暁台
川底の日のうららかに鶉鳴く　金尾梅の門

鵙（もず）の草（くさ）ぐき

近所のケヤキの木などに、モズがキーッ、キーッと鋭い鳴き声をひびかせるようになると、秋が深まってきたなという感じがする。少くとも、十年ほど前まではそうだった。

だが、武蔵野の面影をこの一本に残しているといった感じのケヤキやクヌギなどの大樹も、近ごろは遠慮会釈もなく伐り倒されてしまう。そんな人間にとっては、緑の眺めの問題に過ぎないが、鳥どもにとっては、ねぐらの問題である。

ねぐらを奪われたモズたちは、どこへ行ったのか。近ごろは都内でモズの高音を聞くことも、非常に少くなった。大都会からは、こういった季節感の一つ一つが、次第に失われて行くのである。

「鵙の草茎」という言葉がある。「鵙の早贄(はやにえ)」「鵙の贄刺(にえざし)」とも言う。鵙というのは小鳥ながら猛鳥で、よくカエルやトカゲをおそうが、桑の枝や枳殻(からたち)垣などにそれを刺しておくことがあり、それを言うのである。近来は有刺鉄線などにも、よくやらかしている。餌をとがったものに刺しておいて、食いちぎるものらしい。その食べ残しが、鵙の早贄だ。

これを昔から「鵙の沓直(くつで)」とも言ったのは、時鳥に借りた沓の代価として、刺しておくのだという、動物説話によっている。今でも紀州の吉野川の流域では、語り草になっているという。ホトトギスの前生は沓を作る職人で、モズはその友人の馬方だったが、なんべんも沓を借り倒して代銭を払わなかった。そのために、カエルなどを木の枝に串刺しにしておき忘れ、ホトトギスに餌を提供するのは、昔不義理をした罰だというのである。平安時代の歌学者が、真面目な顔で、「時鳥に借りしをわきまふると也」などと言っている。早贄(はやにえ)というのは、新鮮なみつぎものということだ。

だが、「鵙の草ぐき」まで、早贄のことだとしたのは、昔の俳人たちの誤解なのである。もとを正せば、万葉集の次のような歌にもとづく。

春しあれば鵙の草くき見えずともわれは見遣らむ君があたりをば　読人知らず

この草くきとは、草に潜ることなのである。この歌が秋の歌でなく、春の歌であることを注意しよう。鵙は春のころは、木の枝の繁みにくぐりかくれて見えないことから、「見えずとも」の序詞となった。それだけのことなのだ。

ところが「草潜」という言葉は、とくにモズにかぎって用いられるものに固定してしまった。いつも見えないということの喩えに、「鵙の草くき」と言っているうちに、もとの意味を忘れてしまったのだ。「くく」という言葉は、元来くぐる・脱ける・物のなかをくぐり出る・身をあらわすという意味だ。カヤクグリという小鳥を、古語では「茅潜」と言っているけれども、同じ意味だ。

この草くきという言葉を誤解して、鵙の早贄のこととしたのは、ずいぶん古くからのことらしい。「鷹百首」に、

取らせてはくやしかりけり小鷹狩櫨の紅葉の鵙の草くき　慈鎮

とあるのは、モズの早贄ととり違えた早い例である。鴨長明の『無名抄』にも、セズの磔

刑餌（つけえ）のこととしている。

こういう歌人たちの誤りを、そのまま踏襲したのが、『俳諧歳時記』である。もっとも、誤解もこれだけ時代が古くなると、どうこう言っても始まらない。「末黒の薄」や「くだら野」や「卯の花くたし」などと同じことである。

草茎を失ふ百舌（もず）鳥の高音かな　与謝　蕪村
鵙の贄野（の）茨（ばら）は一葉だにとどめず　福田　蓼汀
既にして水車の空音鵙の贄　石川　桂郎

うらなり

私がうらなりという言葉を覚えたのは、漱石の『坊っちゃん』を読んだ時だった。中学一、二年生じぶんであった。

蒼（あお）くふくれた顔の先生で、「うらなり」というあだ名をつけられたのがいた。清がうらなりの唐茄子（とうなす）ばかり食べていると、あんな顔になる、といった。「尤もうらなりとは何の事か今以て知らない」と、坊っちゃんは言う。清に聞いたが、笑って答えなかった。

少年時代、私の周辺でうらなりという言葉を、日常使うことがなかったので、『坊っちゃん』を読んだとき、強く印象に残ったのだろう。うらなりの胡瓜や糸瓜は、尻がくねったりして、貧相で滑稽でもあるが、なぜうらなりというのか知らなかった。表に対する裏かとも思い、立派な形の表生りに対して、裏生りかと思っていた。

やがてそれが、「うら」とは蔓の先の方で、時節も終りに近く、蔓の先の方に小さな瓜をつける、それが末生りなのだと気づいた。万葉以来、「うれ」は梢（木末）である。「うれ」も「うら」も同じなのだ。もちろん末生りは食べたりはしない。そのまま蔓ごと抜かれて棄てられるのだが、家畜の餌か肥料ぐらいにはなるかも知れない。

大勢の兄弟のなかで、末っ子をうらなりというのにも、一種のさげすみがあるようだ。もうこれ以上欲しくもないのに生れたのだから、言わば余計な子で、出来の悪い子という感じも含んでいよう。末っ子にすれば、まったくたまったものではない。うらなりと同じ意味で、「蔓たぐり」という言葉もある。もちろん農村言葉で、私は昔、これを江戸時代のさる季寄に見出だした。


人生吏となるも風流糸瓜の曲るもまた　永田　青嵐

（ポスト　昭和五十三年十月）

蔓たぐり

「蔓たぐり」という言葉を、今の人は知っているだろうか。普通の辞典には出ていない。だが、関西方面では、しばらく前までは日常の生活語であったようだ。

秋になって瓜の蔓や豆の蔓が枯れてくると、たぐって引き棄ててしまう。そのことを言うのだが、その蔓に、うらなりの小さい胡瓜や南瓜などがぶら下っていることがある。形も色艶も悪く、そんなものはどうせおいしくないから、棄てるか家畜の飼料や肥料にするしかない。その末生りの瓜そのものをもユーモラスに蔓たぐりと言っている。

そのことから、子沢山の兄弟たちの中で、末っ子のことをも蔓たぐりと言っている。どこそこのうちの蔓たぐりはん、などと言うのだが、こういう言葉には、遅れて生れた子供の名に、留吉とか末子とかつけるような、荷厄介にするような考え方がある。律義者の子沢山とは、いろはがるたにもあったが、末の方の、粗製濫造気味の出来の悪い子供というニュアンスが籠っているのだろう。

この言葉を私が知ったのは、江戸時代末期に出た、ある俳諧季寄集であった。見てから四十年以上になるので、何という名だったかも忘れたが、折本式につながった、新季題だけを挙げた集であった。蔓引・末引という傍題もあった。言葉が面白かったので私の記憶にあり、後に私が歳時記を編纂した時、秋の部に加えておいた。誰の例句もなかったが、誰か作ってくれないかと、釣糸を垂らしておくような気持であった。

ところが最近、「俳句」の十二月号を見ていたら、橋本鶏二氏が次のような句を作っているではないか。

ひとびとの帰る藁家や蔓たぐり
蔓たぐりして周防灘ひきよせし
白露に住みて眉目よし蔓たぐり

私はこういう句を発見すると、ひどく嬉しくなるのである。例句が始めて出来、それで名実ともに季題として認められたことになるからだ。ひょっとしたら、私の歳時記を見て、作者は作句を試みたのではないかと思ったりする。この語の第三次的な、末っ子の意味さえ、第三句目では生かしていると見えた。それも、末生りといった嘲笑の気味を翻して、「眉目よし」と言ったところなど、心にくいばかりの作者の用意を感じたのである。

（SCOPE　昭和五十一年二月）

物(もの)のあはれ

秋というと、平安王朝の貴紳、淑女たちは、「物のあはれ」を身にしみて感じる季節だと決めていた。「物のあはれ」をどのように深く感じるかということが、彼等の資格ともされたのだから、彼等は争って秋の哀感や寂寥感を歌にうたいあげようとした。

その名残は俳句の季語にも残っていて、感傷的とも言えるような主観的な季語が目につくのである。

その一つは「身に入(し)む」という季語である。身内に深く感ずるということだから、言葉自身に季感はないはずだが、藤原俊成の、「夕されば野べの秋風身にしみて」の歌が、もてはやされるようになって、秋の哀れを身内に深く感じ染ませるという情緒的なニュアンスが、言葉につきまとうようになって、連俳では秋の季語とされたのである。

身にしむや亡妻の櫛を閨に踏む　与謝　蕪村

などというのは、なにかゾッとするような感じがある。

「冷(すさま)じ」などという季語も、現代人の感覚では、なぜ秋なのか不思議に思う人もあるだろう。枕草子に「すさまじきもの、昼吠ゆる犬。春の網代。三四月の紅梅の衣。火おこさぬ炭櫃（すびつ）。」などと言っているのが、この言葉の感じをよく示している。時期はずれ、場ちがい、その他、調和を欠いたものの呼びおこす違和感である。秋が深まって、冷気が肌に快い段階を通り越して、うそ寒さを感じさせるころの季感に当てているのである。

冷まじと髪ふりみだしゆうかり樹　富安　風生

春の季語には「のどか」「うららか」などというのがあり、これらは如何にも春の季語らしいが、同じような秋の季語に、「爽（さわや）か」というのがある。秋の快適さにぴったりだが、これはむし暑かった夏と違って、空気が乾いて、澄明で、ものの輪郭もはっきり見えるころの、さっぱりと快い皮膚感覚と言ったらよかろうか。

爽やかに山近寄せよ遠眼鏡　日野　草城

私は数年前に中国へ行ったときの、北京の秋の空気の澄明さ、美しさの印象は忘れがたい。東京は空気が濁ってしまったから、こんな秋の爽かさの感じはなかなかえられなくなったが、それでも時に澄んだ空の色を見て、秋だなと思うことがある。

（うららか　昭和四十年十月）

身(み)に入(し)む

「身に入む」というのが、秋の季語になっている。

野ざらしを心に風のしむ身かな　松尾　芭蕉
身にしむや亡妻の櫛を閨に踏む　与謝　蕪村

などと作られており、

佇めば身にしむ水のひかりかな　久保田万太郎
身にしむやほろりとさめし庭の風　室生　犀星

などというのもある。

身にしむというのは、身内に深く感ずる、感染する、という意味だが、これが季感を持つに至ったのは、歌人たちが詠んできた伝統によってである。

万葉の歌にもすでに出てくるが、平安朝の中ごろから歌人たちに愛用され出した。初めは季感と関係なく詠んでいるから、春の歌も秋の歌もあり、無季の歌もあった。だが、次第に秋の歌が圧倒的に多くなってきて、ことに、「秋風は身にしむばかり」「秋風の身にしむ夜半の」「身にしむ色の秋風」「身にしむ秋の風」などと、主として秋風について言うようになった。

藤原俊成の歌、

夕されば野べの秋風身にしみて鶉鳴くなり深草の里　（千載集）

が名歌として喧伝されてからは、この歌の連想を伴わないでは、考えられないくらいになった。

だが、風だけでなく、梅が香が身にしむとか、鹿の声が身にしむとか、身にしむ秋の恋とかいった例もあって、一概には言えない。「身にしみて」は受身だが、能動的に「身にしめて」と言っている例もある。

勅撰集の秋の部に入れてある例は、多くは、上下二巻ある秋の部の、下巻の方にはいっていて、そのことは、「身にしむ」の例歌が、おおかた深秋・晩秋の季節のものであることを証している。荻の葉などに吹く秋の初風でなく、深秋の蕭殺たる秋の声を、「身にしむ」と感ずることが多かったのだろう。身内に深く感ずるものは秋の「もののあはれ」あるいは寂寥感である。

当時の宮廷貴族の生活で、理想とされたのは、「心ある」という状態である。実生活上では、思いやりがあること、理解力・判断力に富んでいることで、趣味・芸術の上では、美的情趣を解することである。別の言葉で言えば、物のあわれを知ることであり、世の中のこと、人の心の奥のすみずみまで知り、物の道理をわきまえることである。紳士の最高の教養だったと言ってもよい。

ところで平安末期になると、それがいちじるしく感傷性の方へ傾斜してくる。秋のあわれを知ることは、心ある人士の当然の要件であったが、何にでもすぐほろりとなる、涙もろさが、強調されてきたきらいがある。

そういう当時の情緒生活を背景として、「身にしむ」という言葉の含蓄も、複雑なニュアンスを帯びながら、固定してきた。「身にしむ」とは、何よりも、秋のあわれを身内に深く感じ染ませるということで、秋のあわれは、まず秋風が告げ知らせるものだから、ことに秋風について言うようになってきた。言わばウェットの極致の心情が、「身にしむ」なのである。

俳諧になると、それらが和歌に較べて、よほどドライな芸術だったから、また感じが変ってくる。秋のあわれという感傷性よりも、秋の冷気を主調として、より対象的・即物的・感覚的に受取られるようになってきた。湿潤な和歌的抒情の否定の上に、俳諧の客観的態度が確立された結果、季語がそのニュアンスを変えてきた一例である。

身にしみて大根からし秋の風　松尾　芭蕉

身にしむや宵暁の舟じめり　榎本　其角

などという句を見ても、深秋の冷気の感覚をまず受取るのである。そして、前掲の「野ざらし」「亡妻」などの句のように、冷じ（すさまじ）という感じにも使っている。だが、秋という先入観念から、観念的に秋の初風の冷やかさを「身にしむ」と感じた句の例も、ないわけではない。

だが結局、この季語は、秋のあわれを基にしたその感傷性を、完全に脱することはできないのである。夏を盛りとすれば、盛りを過ぎたもののあわれであり、冬を死とすれば、死に近づいたもののあわれである。

深秋といふことのあり人もまた　高浜　虚子

こういう感情が、「身にしむ」という言葉を季語とした背景なのである。

馬(うま)・鹿(しか)　その他

バカという言葉を、馬鹿と書く。馬や鹿は、動物のなかでもスマートな姿態を持ち、バカに馬鹿の字を当てることは、どう考えても不当である。まだ幼いころ、私の兄が私に馬の字と鹿の字を教えてくれ、それが如何にかしこく美しい動物であるかを言い、ウマシカとはかしこく美しいことであるから、「イシバシテイキチ（私の本名）ハ馬鹿デアル」と書いてごらんと言った。私はそれにまんまとはまって、書いてしまったことがあった。

戦前の上野動物園に、ウシウマという名の奇怪な動物がいたことがある。小形の馬の恰好だが、タテガミがなく、尻尾もふさふさした毛がなく、ウシみたいだった。しごく見ばえのしない、しょんぼりした動物だった。ウマシカでなくてよかったなと思い、おかしくなったが、あの動物、今でもいるだろうか。

なんでも種子島の特産で、現在七十頭ばかりしか残っていないと、昔ものの本で読んだ記憶がある。天然記念物だったように思うが、今でも南の島に生き残っているのだろうか。

馬や鹿がバカあつかいにされるのは不当だと言ったが、考えてみると、悪いことのたとえに名を出されるという名誉毀損の被害者たちも、ずいぶん多い。まずネコは、猫かぶり、猫撫で声、猫舌、猫背、猫ばばなどがある。ポーカー・フェースと言えば、しゃれているが、猫かぶりというと、悪意がある。猫ばばは、猫婆だと思っている人がいるかも知れない。私も長いあいだそう思っていたが、有馬の猫騒動の影響であったろう。だが本当は、猫糞なのである。自分のばばに砂をかけて隠すという、はなはだ身だしなみのよい習性から来ているのであって、猫に言わせれば、何も猫ばばを決めこんでいるわけじゃないと言うだろう。ただ、猫と言ったら、芸者のこと。

イヌだって、ずいぶん人間から悪意を持たれている。そのものずばり、スパイを意味する。犬侍・犬死など、はなはだ不名誉な言葉である。どうも、昔の日本人にとって、恥を知る高貴な心情の人間に対して、その反対のものが、犬だったらしい。そうかと思うと、犬を人間より尊重した将軍もあった。犬公方と言った。泳ぎに犬掻きというのがあるが、これも、もっとも泳ぎを知らぬ者の、幼稚な泳ぎかたである。犬神というのは、四国のぞっとするような俗信である。イヌタデ、イヌビエなど、似て非なるもののたとえにも言う。

サルは、猿知恵、猿真似、猿面、猿の尻笑い、猿がしこい、やはりかんばしくない。いちばん利口な動物だけに、人間はむやみとサルをバカにしたがる。湯女や、岡っ引にも言った。猿の腰掛はきのこの名である。もっとも猿股、猿ぐつわなんて言ったって、サルの知ったことではあるまい。

タヌキは、やはりそのものずばりで、腹黒い奴のことだ。カチカチ山のお伽噺がたたっているのではないだろうか。狸おやじと言っても、同じニュアンスである。狸寝入りというのも、冤罪だろう。取らぬ狸というのは、皮算用で、タヌキにとっては迷惑千万なことである。キツネとタヌキの化かし合いと言うが、キツネもそのものずばり、ずるい奴だが、こちらはすばしっこさを伴う。日照雨を、狐の嫁入りなどと言うのは、しゃれている。狐火というと、人間の方がこわがっているし、芝居の「二十四孝」ではずいぶん人間にあがめたてまつられてもいる。だが、虎の威をかる狐などというと、やはりいけない。人をたぶらかすというので、女郎にも言った。

ウマというと、つけ馬のことだ。ウマにとって、あまりありがたい名前ではない。つけ馬を引いて帰るような、人間の方が悪いに決っている。馬面は、持って生れた顔だから、仕方がない。馬の骨は、素姓の知れない者のことだが、競馬馬の氏素姓は、もっとも重んぜられているものであり、ウマの方から言えば、素姓の知れない駄馬をこそ、人の骨と言いたいだろう。馬の脚だって、騎手が細心の注意を払っている貴重品であって、下手な役者のたとえにはもったいないのである。馬が合うというのは、ウマにとって、嬉しい言葉だろうか。乗られているばかりに、エロなことのたとえにも言われる。ウマゼリ、ウマゼミなど、馬鹿でっかいもののたとえにもある。

ウシは、のろまな奴のたとえだ。だが、のろまである上に、図体が大きくて、力持ちということもある。牛の歩み、牛のよだれ、みんなあまりにまっとう過ぎる。牛を馬に乗りかえるなどと言えば、ウシにとっては不名誉だが、ウマは誉められていることになる。牛に引かれて善光寺参り、というからには、ウシは善男善女の友なのか。牛太郎とはあて字ながら、どこか感じに似たところがあるのか。牛の一突きと、鹿の一突きとは、意味がちがう。これは調べてみて下さい。

鹿(しか)・猪(いのしし)

しし（宍）と言えば、肉であり、食用獣類の総名だった。古くはシカもイノシシもカモシカも、ししと言ったが、それは肉の供給者の意味だった。かのしし、ゐのしし、かまししと言って区別した。

シカやイノシシはまた、田畑を荒す動物だったから、それを悪霊の代表的なものと考え、シカを謝らせて農作の豊かさを保証させる所作が、古い芸能のなかにあった。万葉集にある乞食者(ほかひひと)の詠は、その証拠である。

今でも、シカの頭を頂いて踊る鹿踊が、岩手・宮城両県に行われているが、獅子舞(ししまい)の一種である。獅子は悪疫や災いを払う霊獣と考えられたもので、ライオンと違うことは、鏡獅子や石橋(しゃっきょう)などの舞踊を見ても分る。獅子舞は伎楽渡来以来だが、その前に鹿（しし）に代表される悪い精霊たちが、田畑を荒さぬ誓約を神にささげる乞食者の演技があって、それに結びついたものだろう。

イノシシだって、田の神信仰と結びつけて考えられていたらしい。猪聟入（ししむこいり）という昔話は、田の水入れを猪が手伝って、聟入を約束する話だ。これはやはり、鹿と同じく、かつては田畑の精霊として、田の神に服従を誓って、豊穣を約束する芸能のあった面影を見せているのだと思われる。

花札の紅葉の十にはシカをあしらい、萩の十にはイノシシをあしらっている。どちらも秋の季節のものである。俳句ではシカを秋季とし、その同類のイノシシも秋季としているが、これにはやはり古い伝統がある。

秋深くなって、妻恋いに鳴くシカの声を、昔の人はあわれと聞いたのである。

夕されば小倉の山に鳴く鹿は今宵は鳴かず寝ねにけらしも　舒明天皇（万葉集）

この歌は、万葉集巻八、秋雑の部に分類されている。平安時代になると、シカの声はますます秋の悲哀感をさそうものとされて、

奥山に紅葉踏み分け鳴く鹿の声聞くときぞ秋はかなしき　読人知らず（古今集）

のような歌が、一つの伝統的な季感をつくり出した。

だが、これは都の貴族たちのつくり上げた美感だ。農民たちにとっても、シカやイノシシは、田畑の害獣として、やはり秋のものであったろう。彼等の出没する秋の季節には、案山子（かかし）や鳴子や引板をつくったりして、日夜警戒したのである。鹿の声を賞美するなどといった余裕はなく、もっぱら生活上の死活の問題に関係していた。芸能の鹿踊も、その後身である獅子舞も、奥山に紅葉踏み分けなどといった風流とは、関係ない。シカやイノシシの退散策である。

だが、その獅子舞も、舞台の上にのぼると、新しい風流を身につけてくる。シカにモミジ、ハギにイノシシという取合せが、獅子にボタンという取合せに変化する。ボタンを見ると、獅子は戯れないではいられなくなる。

紅葉鍋と言ったら、鹿の肉を使った鍋料理で、牡丹鍋と言ったら、猪の肉の鍋料理である。風流な取合せから、隠語を生む。モミジはシカの隠語、ボタンはイノシシの隠語である。馬肉は桜鍋という。「咲いた桜になぜ駒つなぐ、駒がいさめば花が散る」の民謡から来ている。ついでにヒツジの成吉思汗（ジンギスカン）鍋にも、もっと風流な名前をつけたらどうだろう。

びいと啼く尻声悲し夜の鹿　松尾　芭蕉
鹿二つ立ちて淡しや月の丘　原　石鼎
猪の寝に行かたや明の月　向井　去来

猪荒れて畳のごとき稲田かな　岡田　耿陽
子の誰も戻らざりける紅葉鍋　誠　一
追込の一人離れてさくら鍋　深見けん二
枯枝の網の目に星牡丹鍋　平畑　静塔

猿(さる)の親子(おやこ)

猿は日本至るところの山中にいるが、不思議に俳句の季語にはいっていない。猿にくらべると、同じ山中の動物でも、鹿はずいぶん俳句の題目にされている。
まず、「鹿」と言っただけで秋の季題になっている。年中見かけるものを変なようだが、深秋に妻恋いに鳴く鹿の声に、哀切の感を騒人たちがもよおしたからである。

奥山に紅葉踏み分け鳴く鹿の声聞くときぞ秋はかなしき

百人一首で有名なこの歌は、鹿の声の季感と哀感とを、まことにまっとうに詠んだ歌だ。この歌が、鹿の声、紅葉、秋という連想による一つの情緒の成立に、一役買っているかも知れない。そのためかどうか、花がるたの紅葉の十の絵には、鹿の姿が配されている。この歌にぴったりの風景である。

鹿の季語を拾えば、この外にも、春の孕鹿(はらみじか)、落し角、夏の鹿の子(か)、袋角、秋の鹿の角切、がある。このうち鹿の角切は奈良の鹿だけに言う人事的季題だから別だが、鹿の動静は、雪にとざされる冬を別にして、春、夏、秋の三季にわたって、よく観察されている。

ところが猿になると、とんと季題に取上げられていないのである。秋の季題に猿酒というのが一つだけあって、猿が樹木の洞や岩の窪みなどに、貯えておいた木の実が、雨露のために自然に醱酵して、甘美な味がするので、たまたま通りかかった猟師や木樵などが発見して盗み飲む、というのだが、どうも当てにならない。馬琴が『八犬伝』のなかに、この猿酒のことを挿話として書いていたが、歳時記編者としての馬琴の雑学的ペダントリーであろう。

だが、猿酒というのは、話としてはユーモラスなところがあって、面白い。猿というと、私たちは何かユーモラスな感じを持つ。たとえば、木の幹に寄生する猿の腰掛というキノコがあるが、これは如何にもウイットに富んだ命名で、そのものずばりである。なにか子供たちが名づけたような、童言葉的なものがある。猿の尻笑いというのはコトワザだが、これも思わず吹き出しそうな表現である。

猿酒というのも、せっかく採り集めた木の実を、うっかり置き忘れてしまって、人に取られてしまうところに、猿のまぬけ加減を笑っているのだ。似たような言葉に、鶚鮨(みさごずし)というのがあって、こういう名前のしにせのお寿司屋があるが、名前のもとは、鶚が捕えた魚が高い岩壁の窪みなどに置き忘れられて、これも醱酵して鮨になってしまったものを言うのだ。本当にあることかどうか。おそらく猿酒のたぐいであろう。だけどどちらも、ありそうで、またあったらおいしそうで、何か怪奇でも童話的でもあって、空想のものとしても面白いのである。

結局、猿は主として子供たちに、ユーモアの種は提供するが、俳句の季題には組みこまれていない。けれども唐詩では、猿の声は哀切をきわめ、腸を断つ思いを詩人たちにさせるものとして、しばしば詠みこまれている。ユーモラスなものでなく、哀感をそそるものなのである。そのことの影響を受けて、平安朝の歌人たちも、猿声の哀感をうたい出してみようとしたのだが、どうも成功しなかった。「ましら鳴くなり」などと言ってみたが、どうしても借物の感情を無理に掻き立てようとしたところが見える。鹿の声が名歌の数々に詠まれたのに対して、猿の声はどうも日本の歌人たちの好題目とはされなかった。京都の堂上歌人たちにとっては、鹿の声ほど親しく聴く機会がなかったのだろうか。

芭蕉が大井川のほとりで捨子を見て、

猿を聴く人捨子に秋の風如何に

と詠んだ。これは世の風流人たちに、猿の声と捨子の上を吹く秋の風のひびきと、どちらに哀切感があるか、と問うている形になっている。だから前提として、猿の声を哀切なものとして聴く詩人たちの紋切型の感じ方があるわけで、そんなものに断腸の思いをしているより、この捨子の現実を見よ、と言っているのである。

其角に、

声涸れて猿の歯白し峰の月

という句がある。どうせ、漢詩や南画の情趣を借りた、でっち上げの俳句で、その詞才に芭蕉は感嘆したが、自分の俳句はこうだと言って、

塩鯛の歯ぐきも寒し魚の棚

と詠んだ。其角の句のように、こけおどかしでなく、自然さ、素直さにおいてまさっている。

芭蕉の猿の句と言えば、やはり、

初時雨猿も小蓑をほしげなり

であろう。伊賀越の山中で詠んだ句という。猿の声はきかしていないが、やはり哀愁の感

はただよっている。

さて、鹿の声といえば、それが妻恋う声であるために、歌人たちはいっそう哀感を深めているわけだが、猿の声とはいったい何なのか。喧嘩をする声、他の猿を威圧する声だろう。動物園の猿山では、年中キャッ、キャッと騒いでいるようだから、鹿の声のような季感はもともとない。それがなぜ哀切の感を掻き立てるのか。

おそらく、それは嬉しくて鳴くのでなく、悲鳴として聞えるからである。それは、ひどい目、痛い目に遭ったときの声だろう。もっとも動物園の猿山で、餌の時間に飼育係が現れると、猿どもはキャーと言って鳴くという。だから嬉しいときも鳴くはずだし、その声の調子は、悲鳴とは違っていよう。だが鈍感な人間どもは、かん高い猿の声に、人間の悲鳴に近いものを感じてしまう。猿の声には低音がない。声がわりの時期もないのだろう。その声は、何か膚の粟だつような、すさまじい感じを抱かせる。声を立てている猿は、かならずあわれな状態にあるように思わせ、その推測が同情をそそる。

それを加重するのは、深秋から冬へかけての季節感ではなかろうか。もちろん、猿の鳴く季節は秋または冬に限らないが、それを哀切と感じ、心を動かすのは、秋から冬へかけてであるらしい。寒猿ということばは、詩にも使われている。

山の動物たちにとって、冬はすべて厳しい季節である。食糧も乏しくなり、餓死することもあるだろうし、ことに寒がりの猿に取っては凍死の可能性も大きい。彼等にとって厳しい季節は、その声に対する共感度の大きな季節にもなるわけだ。統計を取ったわけではないが、猿の声を詠んだ詩歌は、その季節のものが多いのではなかろうか。少くとも其角の句は、月光がさむざむと冴えた晩秋の季節感を、猿声から引き出しているのである。

鹿の発情期は秋だが、猿の発情期は冬、十二月から二月へかけてだという。この季節に、鹿のように牝を恋うて鳴く声は聞かれるかどうか知らない。牝を奪いあって争い、鳴き叫ぶ声は聞えるだろう。冬の猿声は、この種の争闘の声が多いかも知れぬ。俳人たちは、「猿さかる」「猿の恋」を、歳時記の冬の季題に入れてみますか。この時期には、猿の顔も尻も内股も、ホーデンまでが真赤になると、北王英一氏が書いている。

それから妊娠期間が百五十日ほどで、五、六月が分娩の時期だそうである。「猿うまる」「猿の子」「子猿」を、夏の季に入れますか。もっとも子猿の期間は長いようで、次の赤ん坊が生れるまで、母子関係はつづくらしい。

ある年の夏、私は小豆島へ渡ったことがある。寒霞渓（かんかけ）へ行ったら、野猿の群を餌付けしていた。飼育係の話では、島にはいくつかの野猿の群があって、ここにいるのはその一つらしい。ボス猿を中心に、一定の円周をえがいてその手下の猿が群がり、なかに群を離れた孤猿と目すべきしょぼくれた猿も目についた。

生れてまだあまり日の経っていないらしい子猿が、母猿の胸に抱かれていたが、母猿が歩くために手を離していても、子猿はしっかり乳首にしがみついて、ぶら下ったままであった。そんな景色がいくつか目についた中に、私がハッと思ったのは、死んでグッタリなった子猿を、抱きかかえたまま歩きまわっている母猿があることだった。死んだと知らないのであろう。知らないで死児を抱いている姿が、如何にもあわれである。

私はそのことを、飼育係に聞いてみた。くさくなって来たら捨てますよ、という答えであった。なるほどと思った。私は今昔物語にある、三河守定基が死んだ恋女房のそばに数日間臥して、その唇を吸ったところ死臭を発したので、にわかに悟り発心して僧になったという物語を思い出した。死臭が愛にピリオッドを打つことは、人間も猿も同じことらしい。だが猿は、悟って頭をそったりしないで、どこかに死児をポイと捨て、あっさり忘れてしまうだけのことなのである。

高西風

船乗りや漁師のあいだに使われている風の名には、日本語として造語の妙を示しているものが多い。板子一枚下は地獄の生活を送っているのだから、われわれ陸地生活者と違って、風の性質の巨細を知りつくすということは、やむにやまれぬ生活上の必要なのである。

何百年もの長期にわたっての経験の集積が、風の名にはこめられているわけで、それだけに、学者や文人などが机の上でひねり出した言葉には見られない生命力がある。言いかえれば、言葉の自然さと重量感とがある。

風の性質の微細な相違をも、敏感に区別していること、驚くべきものがある。こういう言葉が本当の生きた言葉なのだが、使用範囲が多く海沿いに限られていて、内陸にまではいりこむことはないから、いつまでも方言としてのあつかいを受けて、標準語の仲間入りをすることはできない。

だが、美しい言葉という点では、十二分の条件をそなえている。変に気取った雅語よりも、海上生活者たちの生活の息吹き、潮風の匂いすらまざまざと感じさせてくれる点で、いっそう美しい。

江戸時代の『物類称呼』という書物に、主として畿内・中国・奥羽・伊豆あたりで採集した風の名が挙げてあり、それが明治以降の歳時記類にもかなり採録され、その解説をもとにして、俳人たちの例句もたくさん作られるようになった。だが、残念ながら解説に誤りがあり、俳人たちがその風を経験したわけでもなかったので、ただ単にその言葉のめずらしさに惹かれて、机上でこねまわした俳句も少くなかった。

その一つの例に、高西風（たかにし）がある。

「九月、十月頃、上空を吹く西風をいふ。此風吹く時は海荒れて浪高く、夏の土用浪より烈しといふ。」（俳諧歳時記、改造社版）この解説が、従来もっとも一般的に行われていた。

われわれの日常経験では、地上ではあまり風を感じないのに、高いエノキやケヤキの梢に風の渡っているのを見ることがある。だがそれは、地形や建物その他の障碍物による現象である。この、松瀬青々の解説によると、上空に吹く西風であり、したがって地上では感じることのできない風だが、海はたいそう荒れるという。飛行機と船の上では感じられるが、地上では感じられない風が、いったいありうることだろうか。それとも、上空で西風だというのは、上空では地上と風位が違うということなのだろうか。成層圏まで行けば、風位は反対だが、まさか成層圏の風が海の荒れる原因にはなるまい。

すこし凝った解釈をしているのに、次のようなのがある。「そろそろ秋冷の感じられる季節の風で、秋の天高く澄み渡った趣を加えて高西風という。」（俳諧歳時記、新潮社版）

これは前記の松瀬説が不自然だと考えて、合理的な解釈をでっち上げたものであろう。だが、「天高く澄み渡った趣」とは、なんと風流な解釈をでっち上げたものであろう。これでは俳人が、「天高く馬肥ゆ」という言葉から、作り出した言葉としか思えない。後に言うように、これは漁民たちの言葉で、漁民はなにも風流気や冗談から風の名を考え出したりすることは、絶対にないのである。それは、生活の必要にねざしている。生き死にのどたん場に、何度も立たされた苦い経験が、風の名を生み出す。

民俗学者たちの広汎な採集が、彼等の生活語彙（ごい）の多くをわれわれに教えてくれることになったが、それによれば、高西風のタカというのは、なにも上空ということではない。子の方、すなわち真北に近いことを意味する。したがって高西風は、北西風である。地図の上下と同じで、北が高く、南が低い、ということになる。

北西風または西北西風の意味で使っているところは、九州・山陰のほとんどで、この地方がこの言葉の発生地なのだろう。瀬戸うちその他、点々として南西風を意味するところがあるが、それは高西風地域の辺境である。風の名が船乗りたちの手で他の地方へ運ばれてゆくと、性質の違った風に名づけられる例は、ざらにあることだ。この場合は、風位は違っても、性質に似たものがあるのだろう。季節は晩秋・初冬である。

秋の土用の前後、突然吹き出すので、土用時化と言って、船乗りたちには恐れられた。また、農民たちにとっても、ちょうど稲刈のときにあたるので、籾落しと言って嫌がられているという。瀬戸うちでは、大西風と言っている。

こんな嫌がられる風なのだが、語感がなんとなく美しいためか、俳人たちは秋のさわやかな風光を想像するかして、のんびりした句を作っている。たとえば、

高西風の青き運河に鷗翔く　寿郎
高西風や窓開けはなつ糀倉　俊晃
高西風や光りて落ちし榎の実　しげき

など。この後の句は、明らかに上空を吹く風の意味で、榎の実が落ちると詠んでいるようだ。

海を詠んだ次のような句は、あるいは正しい理解の上に立っているかも知れない。

高西風をけふもおそるゝ舟出かな　静心

高西風やきのふにかはる海の色　亜津子

ただ一つ、

高西風に秋たけぬれば鳴る瀬かな　蛇笏

だけは、ずば抜けて雄渾なしらべを持ち、しみじみとした深秋の季節感情を現しているが、残念なことに、「上空を渡る西風」という、従来の間違った解釈の上に立っている。甲斐の山国の作家としては、致し方もない過ちというべきであろうか。

紅葉（もみじ）

紅葉は庭園などで見るカエデの紅葉よりも、山で見る雑木の紅葉の方が美しい。私がこれまでに見た紅葉の中で、いちばん美しいと思ったのは、十和田の紅葉である。毛馬内（けまない）から発荷峠（はっかとうげ）へ出る山道の紅葉が、まず目を見張らせた。湖上に船で出て見る湖畔の紅葉は、如何にも明るく清澄で、紅葉美の極致とも見えた。奥入瀬（おいらせ）の渓谷に入ると、これはまたうって変って、川水に根元をひたした木々が、ひそやかに紅葉をきそっている気配があった。もっとも、十和田と奥入瀬とでは、紅葉の季節にわずかの遅速があって、十和田の紅葉の盛りには、奥入瀬の紅葉はすでにやや過ぎているのである。だが、この三段の紅葉の変化は、十和田独特と思えた。

初冬の十和田にも、行ったことがある。枯木立の十和田である。すでに葉を落した木々が、遠景にうす紫がかった色合で木肌を見せているのが美しかった。シーズンオフで、旅館や売店も家を閉め、ひっそりとした静けさの中に、湖水の色が光っていた。

湯女（ゆな）暗し紅葉の下の径（みち）に遇（あ）ふ　前田　普羅

この樹登らば鬼女となるべし夕紅葉　三橋　鷹女
滝も阿修羅紅葉も阿修羅みちのくは　長谷川秋子

（葵　昭和四十一年十月）

秋の暮

秋の暮という言葉について、大岡昇平氏が次のようなことを書いていた。いま、手もとに書物が見つからないので、記憶をたどって書く。

氏がいつか、三好達治氏と、芭蕉の、

この道や行く人なしに秋の暮

の句について論じ合ったとき、どうしても意見が食い違って、激論になった。論じているうちに、大岡氏が秋の暮を秋の夕暮の意味に取っていることが、三好氏に分った。そして氏の「秋の暮は暮秋のことだよ」と言った一語で、さしもの激論も、大岡氏の敗北になって終った、というのである。

このことを、俳人が聞いたら、ケゲンな顔をするかも知れない。なぜなら大方の俳人は、秋の暮を秋の夕暮と決めていて、あえて疑おうとしないからである。

この論争では、大岡氏が自分の「無学」を暴露して、ボヤいたりするひまもなく、尻尾を巻いて引き下った、ということになっているが、この場合、三好氏より大岡氏の方が、少くとも俳人たちの常識と合致していたことは、疑いない。三好氏の断定も、べつに学問的に根拠のあることでなく、詩人の直観で、秋の暮を暮秋と受取っていたのであろう。ボードレールの散文詩の一節、「晩秋の日々の、何と心に滲みることであろう。ああ、せつないほど身にしみる」が、心のなかにあったのかも知れない。だがともかく、俳人たちの定説に反して、秋の暮という言葉から暮秋のイメージを受取る詩人が、今日存在することは、記憶してよい。

秋の暮という言葉は、要するに雅語であって、日常語ではない。日常語の意味の推移は、生活的な根拠があって自然にそうなるのであるが、雅語にはそのような生活的な根拠がない。詩人、文人たちのその時代々々の語感、あるいは誤用から、移ってゆく。

歳時記類で秋の夕暮の意味に決めてしまったのは、許六以来のようだ。俳人たちの特殊な用語によると、大暮（時節の暮）でなく、小暮（日の暮）だということになる。「春のくれに対して、秋の暮を暮秋と心得たる作者多し。秋の暮は古来秋の夕間暮と云ふ事にて、中秋の部には入たり」（篇突）と、許六は言っている。中秋といったのは、三秋にわたるものを、秋を代表する中秋の部に入れたということで、実は三秋である。春の暮は暮春であって春の夕暮でなく、秋の暮は秋の夕暮であって暮秋でない、というひどく人為的な区別は、どういう根拠があって許六が言ったのか分らない。

だが、さすがにこういう不自然な区別を、虚子は気になったのであろう。「今は春の暮・秋の暮共に夕方の義であると定めて置く」（新歳時記）と言っている。これだと両義の混乱はまぬがれるが、いくら虚子が俳壇の元老でも、季語の意味を、立法者のように決めることは許されまい。言葉の意味には、長いあいだに使われてきた歴史の手ずれの跡が残っている。

また、新潮社版『俳諧歳時記』には、春の暮のような曖昧な季語は用いないように警告している。生きた国語に対して、これはまた、あまりに官僚的な禁止令である。平安時代の用法では、春の暮・秋の暮ともに、大暮の意味である。小暮の方は、秋の夕暮、秋の夕べなどと言った。だが源氏物語に、すこし混乱が見られる。

過ぎにしもけふ別るるも二道に行くかた知らぬ秋の暮かな　（夕顔の巻）
おほかたに聞かましものをひぐらしの声うらめしき秋の暮かな　（寄生木の巻）

前の方は、立冬の日の作だから、当然暮秋の意味で、後の方は、ひぐらしの鳴く初秋の作であり、秋の夕暮の意味である。これは、乏しい例外の一つなのだが、例に乏しくとも、例外は例外で、このことは秋の暮という言葉自身が気分本位の言葉で、生活の上で厳密に意味づけられていなかったことを示していよう。

だがともかく、許六が古来秋の夕間暮のことだと言っているのは、ハッタリじあることがはっきりした。北村季吟の『山の井』には、秋の暮を暮秋の意味に解しており、『増山井』は、芭蕉が座右に置いていた季寄である。だから、芭蕉は秋の暮を、むしろ暮秋と解していたのではないかと想像できる。芭蕉の秋の暮の句は六句あるが、うち三句は暮秋の日付を持っていて、あとは日付不明の句である。

私が芭蕉の「枯枝」の句について、これはかならずしも秋の夕暮の句とは言えないと書いたとき、ドナルド・キーン氏が読んで、面白い手紙をよこした。それによると、――氏が英文の『日本の文学』を書いたとき、秋の暮を暮秋と訳したら、えらい国文学者たちから、暮秋でなく秋の夕暮だと言われたので、再版で直した。今度あなたの本を読んで、直して損をしたと思った――とあった。国文学者が、この句の秋の暮を秋夕と解しているのは、なにも歴史的に根拠のあることでなく、そういう習慣に従っているまでのことである。だが少くとも、元禄時代には意味は固定していない。

意味の混乱は、和歌独特の曖昧模糊とした気分尊重の結果である。万葉集には、こんな曖昧な言葉は使っていない。平安朝になって、春の暮・秋の暮ともに季節の末の意味で使っているうちに、そのうち秋の暮の方は、「もののあはれ」や「寂しさ」の気分がかぶさってきて、同じような感じの伴う秋の夕暮の意味にも通じるようになったのだろう。生れたときから日常語でなく、気分本位の言葉だった。

俳句で、秋の夕暮の意味が優位になってきたのは、安永・天明のころからである。だが、どちらももはや古典語なのであって、現代の人が意味をどう決めてみたところで、たいして意味もない。俳句・短歌のような古典的な詩形の上で、問題であるに過ぎない。曖昧なものは、曖昧なままに使うより仕方がない。もし、秋夕の意味として受取ったとしても、そこにおのずから暮秋の気分も内包してこようし、その逆の場合も成立する。いずれにしても、一種の寂寥感は滲み出ているはずだ。

けっきょく、三好・大岡両氏の論争は、三好氏は国文学者や俳人たちの俗解に対して、詩人的直観によって、その原義を守ったことになるだろう。それに対して、大岡氏の方も、自分の不明を恥ずるには当らぬことだったのである。

品川土蔵相模にて

遊女屋の使はぬ部屋の秋の暮　松本たかし

秋の暮溲鑍(しゅびん)泉のこゑをなす　石田波郷

塵取をこぼるゝ塵や秋の暮　日野草城

波あがり音のおくるる秋の暮　野見山朱鳥

秋の暮大魚の骨を海が引く　西東三鬼

冬（附・新年）

時雨（しぐれ）

十月十二日（陰暦）に死んだ芭蕉の忌日を、時雨忌（しぐれき）という。ちょうど時雨の降る季節だからでもあるが、芭蕉と時雨とにたいへん似つかわしいものを感じたからでもあった。芭蕉一派の俳諧の最高頂は、『猿蓑』という撰集を出したころであった。編者は芭蕉門の去来と凡兆とであるが、芭蕉が後ろだてとなって、たいへん力を入れた集なのである。この集の巻頭には、時雨を詠んだ俳句が十何句ずらりと並んでいて、巻頭は例の、

初時雨猿も小蓑を欲しげなり　芭蕉

の句である。「猿蓑は新風の始、時雨は此集の美目」と去来は言っているが、なかでこの句は、『猿蓑』という集の名の由来を示すものであった。

なぜ芭蕉が、時雨という季題にあんなにも愛着を示したのか。その理由をさぐってみると、けっきょく時雨という言葉が、長い歳月のあいだに担わされてきた意味やニュアンスの重さに帰するのである。

九月、十月ごろの時雨の雨は、黄葉を色づかせ、また散らす雨として、万葉集にもたびたび詠まれている。青垣山にかこまれた大和盆地には、山を越えて時雨がたびたび訪れてくる。

時雨とは本来、急に雨がぱらぱらと少時間降ることで、北風が強く吹いて、連峰の山々に当って降雨をもたらした残りの水蒸気が、風に送られて山越えしてくるときに見られる現象である。秋の終りから冬の初めにかけて、いちばん多い。降る範囲は非常に狭く、また盆地に多く、ことに京都のような地形のところにしばしば見られる。時雨は京都の名物と言ってもよく、虚子はわざわざ時雨をたずねて京都へ行き、「時雨をたづねて」という写生文を書いている。洛北大原の寂光院のあたりでいわゆる北山時雨に降られて、喜んだりしているのである。

だから、都が奈良から京都へ移ると、それは京都の歌よみたちには、非常になじみの深い季節現象になった。そして彼等は、繰り返し時雨の情趣を歌に作ってきたのだった。『堀河百首』や『夫木抄』には、時雨は冬の部に分類されている。

神無月降りみ降らずみ定めなき時雨ぞ冬のはじめなりける　　読人知らず（後撰集）

この歌が、時雨の本情をよく詠み取った名歌として喧伝された。「降りみ降らずみ定めなき」と詠み取ったことから、時雨と言えば、人生の定めなさ、はかなさをあわせて感じ取るようになってきた。一首の歌が、感じ方の伝統をつくり、季感を固定させる感じを持ってくるのだ。

音にさへ袂をぬらす時雨かな真木の板屋の夜半の寝覚に　源　定信（千載集）

べつに名歌として挙げたのではないが、こういうのが、時雨の情趣の定石を踏んだ歌なのである。時雨と言えば音を聞きとめるだけで、袖や袂を濡らすような哀愁を感じ取っている。また、時雨と言えば音を聞かせることが常套となって、やたらに「板屋の軒」とか「槙(まき)の板屋」とかに、時雨の音をきかせたのである。

音に関連してついでに言うと、木の葉の音、川音、松風の音などを時雨と聞きなした歌も作られるようになった。

まばらなる槙の板屋に音はしてもらぬ時雨や木の葉なるらむ　藤原俊成（千載集）

このことから、後の連歌・俳諧では、「木の葉の時雨」「川音の時雨」「松風の時雨」などという季題を立てて、一括して「似物(にせもの)の時雨」と言った。虫の声、蝉の声も時雨と聞きなされれば、「虫時雨」「蟬時雨」である。音ではないが、「泪(なみだ)の時雨」「露時雨」「霧時雨」などという言葉も作り出された。中でも奇抜な「似物の時雨」としては、

しゝ〳〵し若子(わこ)の寝覚の時雨かな　井原　西鶴

を挙げておこう。伝統的な「似物の時雨」のパロディである。つまり、幼児の寝起きのおしっこを「寝覚の時雨」と言ったのだ。

柳田国男翁の『雪国の春』に、次のような一節がある。

十年余り以前に仕事があつて、冬から春にかけて暫くの間、京都に滞在して居たことがあつた。宿の屋根が瓦葺きになつて居て、よく寝る者には知らずにしまふ場合が多かつたが、京都の時雨の雨はなるほど宵暁ばかりに、物の三分か四分ほどの間、何度と無く繰返してさつと通り過ぎる。東国の平野ならば霰(あられ)か雹(ひょう)かと思ふやうな、大きな音を立てゝ降る。是ならば正しく小夜時雨だ。夢驚かすと歌に詠んでもよし、降りみ降らずみ定めなきと謂つても風情がある。然るに他のさうでも無い土地に於て、受売して見ても始まらぬ話だが、天下の時雨の和歌は皆是であつた。連歌俳諧も謡も浄瑠璃も、さては町方の小唄の類に至るまで、滔々として悉く同じ様なことを謂つて居る。また鴨川の堤の上に出て立つと、北山と西山とには折々水蒸気が薄く停滞して、峰の遠近に応じて美しい濃淡が出来る。ははア春霞むといふのは是だなと始めてわかつた。それが或季節には夜分まで残つて、所謂おぼろ〳〵の春の夜の月となり、秋は昼中ばかり霧が立つて、柴舟下る川の面を隠すが、夜は散じて月さやか也と来るのであらう。言はゞ日本国の歌の景は、悉くこの山城の一小盆地の、風物に外ならぬのであつた。御苦労では無いか都に来ても見ぬ連中まで、題を頂戴してそんな事を歌ひ詠じたのみか、たまく我田舎の月時雨か、之と相異した実況を示せば、却つて天然が契約を守らぬやうに感じて居たのである。

時雨と言えば、発想に一定の型があって、連想する範囲は決っていた。それはきわめてウェットな感慨である。もっとも春雨と言ったってウェットだが、この方はなにか色気があり、恋愛情緒がただようのに対して、時雨の方は哲学情緒、人生趣味なのである。もっとも、「さんさ時雨」などというと、ずっと春雨的になってくる。

時雨の人生趣味を決定したのは、次の歌である。

世にふるは苦しきものを槙の屋にやすくも過ぐる初時雨かな　二条院讃岐（新古今集）

この歌には、このはかない仮の世に生きるということは苦しいという感慨を、時雨から引き出している。生々流転の思想が、さだめなく降る時雨によって掻き立てられるのである。この歌の情趣をもととして、室町の戦乱時代には、次のような連歌の発句が生れている。

応仁の比、よのみだれ侍るに、あづまに下りてつかうまつりける

雲はなを定めある世のしぐれかな　心敬

其比、信濃にて

世にふるもさらに時雨の宿りかな　宗祇

流離の境涯と、人生の無常迅速と、時雨の定めなさとが、一句のなかに融け合っていて、時雨はただの自然現象でなく、人生の象徴なのである。

人生を逆旅と見る中世の無常観が、時雨の季語に、本来は具わっていなかったさまざまの意味やニュアンスを加え、それは芭蕉の句にも濃厚に流れこんでいる。宗祇の句を換骨奪胎して、彼は、

手づから雨のわび笠をはりて

世にふるもさらに宗祇の宿りかな

という句を作った。たった一語を置きかえただけで、さらに新しい感慨が加わっている。宗祇の宿り、時雨の宿り、人生という仮の宿りの三つのあいだに、おのずから通い合うものを認めた、彼の思索と詠歎なのである。

その後俳句では、時雨はもっと即物的・感覚的に詠まれて来ている。

しぐるゝや田のあらかぶの黒む程　芭蕉
黒みけり沖の時雨の行くところ　丈草
時雨るるや黒木つむ屋の窓あかり　凡兆
なつかしや奈良の隣の一時雨　曾良
楠の根を静にぬらす時雨かな　蕪村
つら〳〵と杉の日面行く時雨　暁台
立臼のぐるりは暗し夕時雨　樗良
石段のぬるるにはやきしぐれかな　万太郎
翠黛の時雨いよいよはなやかに　素十
天地の間にほろと時雨かな　虚子

だが、宗祇・芭蕉以来の人生的感慨は、やはりひょっこりと顔を出す。ここに挙げた虚子の句など、その代表的な作品と言ってよいだろう。いろいろ作られ試みられても、数百年のあいだに、過去の埒外に踏み出すということは、ほんの一歩に過ぎないらしいのである。

（附記）その後の時雨の句を、少し挙げておく。

ででむしのえりうつくしき初時雨　三好　達治
口に出てわが足いそぐ初時雨　石田　波郷
まぼろしの鹿はしぐるるばかりかな　加藤　楸邨
釣りあげし鮠に水の香初しぐれ　飯田　龍太
チエホフを読むやしぐるる河明り　森　澄雄
　折口先生に従ひ武蔵野を歩く
しはぶきの野中に消ゆる時雨かな　角川　源義

狸(たぬき)と貉(むじな)

タヌキとムジナである。地方によって、区別したり、区別しなかったりしている。麻布に狸穴(まみあな)町があって、では狸をマミともいうのかと思っていると、マミダヌキ、マメダヌキ、マメダなどといっているのは、貛(あなぐま)のことらしい。貛も、ムジナという。どうやら、タヌキとアナグマと二種類あって、ムジナはどちらにも言っているようだ。どちらも人を化かしたり、人に憑いたりするが、キツネほどひどくない。

加賀の鶴来に、白山比咩神社があり、ここに和田家といって、白山地方でとれた山の幸をいろいろ食べさせるうちがある。私が行ったとき、主人は狸汁を出してくれた。タヌキの肉を入れた味噌汁で、私はどうも特殊な臭味があって食べられなかった。

その時主人が言ったことは、タヌキとムジナとがあって、ムジナは冬眠をするから、臭味がなくておいしいが、タヌキはどうも臭味が抜けない。山の猟師はたまにムジナが獲れると、自分たちで食ってしまって、なかなかまわしてくれない——と。

白山ではムジナとは、アナグマのことらしい。アナグマは冬のあいだは、穴の中に笹を敷いて、蟄居しているそうだ。ササムジともいうのはこのせいである。冬眠のために、栄養を体内にたくわえなければならないから、おいしいのであろう。穴の口を燻して仕留めるもののようだ。

鍋尻がチカチカ燃えて狸汁　風生
狸汁座中の一人ふと消えぬ　紅緑

俳人たちは案外よく狸汁を食しているようだ。だが、本当は白山でいうむじな汁なのかも知れない。腹の皮をさらすと八の字が出てくるのが狸だそうだ。

山がつや貉しとめし一つだま　蛇笏
いぶさるゝ貉の咳のきこえけり　秋湖

ムジナにおなじみの俳人もいろいろいるようだ。東京にも昔はいたそうだが、今はわずかに、狸そば、狸うどんに名を止めている。

（ポスト　昭和五十三年十一月）

虎落笛（もがりぶえ）

はじめて歳時記を見て、この季語を見出だしたとき、面白い言葉があるものだと思った。ところが、万葉集を見ると、殯（もがり）という言葉が出てくる。この二つの言葉に関連があるとは、ちょっと考えられなかった。

歳時記には虎落笛を、冬の烈しい風が柵や竹垣などに吹き当って、笛のような音を発すること、と説明している。大昔の殯というのは、人が死んでから本葬するまでの一定期間、まだ霊魂がからだから離れていない屍を、別の場所に据えておく儀礼である。まだ完全に死者とは見なされず、生きた人としての待遇を捨ててはいない期間である。人麻呂の挽歌は、高貴な人が死んでこの殯の宮におさめられていた期間に行われた儀礼的な合唱歌だ。もがりとは、仮喪(かりも)であり、大昔の形容語は、フランス語と同じく、うしろにつくことがあった。

その仮葬場(もがり)に設けられた囲いが、後にはただちにもがりと呼ばれるようになったらしい。今でも津軽では、喪の家の表ぐちに、二本の木を斜十文字に組んで立てておき、もがりと言っている。茨城県では、二、三歳の幼児を葬るとき、四十九本の青竹を割って周囲に柵を結い、これをもがりと言っている。

古くは、戦場・城塞などで、防衛の障碍物をつくって、逆茂木(さかもぎ)、虎落(もがり)などと言った。また、竹を筋違いに組んで、あらく作った垣、あるいは矢来、柵などにも言った。その垣に物をかけて乾したりもしたので、後には紺屋(こうや)などで、竹の枝つきのまま、あるいは細い丸木を立てて、染物の乾場にしたものを、もがりと言った。人を通さないように張った縄を、もがり縄と言う。

だが、ゆすり・たかりをもがりというのは、なぜだろう。横車を押して人を通さないということだろうか。それとも根性がまっすぐでなく、筋違いな奴ということなのか。もがり者とは無頼の徒のことで、もがると動詞にも使い、強請することをもがりごととも言った。

遠い昔の殯宮の儀礼から見ると、ずいぶん意味が下落してきたものである。こういう言葉を見ると、言葉がどういう筋道で、とんでもない意味に転じてくるかが分って面白い。仮葬の儀礼と、紺屋の物干場と、たかり・ゆすりとが、同じ言葉で表現されるのである。そして、そのあいだには、脈絡がないわけではない。

そして、大昔には人麻呂の豪華で絢爛とした挽歌を生んだものが、今では俳人たちのささやかな十七音詩のなかに、生きて使われているのである。

虎落笛子供遊べる声消えて　高浜　虚子
一汁一菜垣根が奏づ虎落笛　中村草田男
樹には樹の哀しみのあり虎落笛　木下　夕爾
虎落笛吉祥天女離れざる　橋本多佳子

どうも俳人たちは、あまり聞き馴れないこんな季語が、たいへん好きなようである。

冬籠（ふゆごもり）

冬籠というと、われわれ暖国人種には、無精な匂いがたちこめる。冬籠などと決めこむのは、怠け者でなければ、老人めいた感じがする。

だが雪国の冬籠は、そこに住む人にとっては、宿命と言ってもよかったのである。だからこそ、雪国の春は彼等にとって大きな喜びであった。彼等の生活への最大の同情者であった柳田国男翁は、『雪国の春』のなかに次のように書いている。

北国で無くとも、京都などはもう北の限りで、僅か数里を離れた所謂比叡の山蔭になると、既に雪高き谷間の庵である。それから嶺を越え湖を少し隔てた土地には、冬籠りをせねばならぬ村里が多かつた。

丹波雪国積らぬさきに
つれておでやれうす雪に

といふ盆踊の歌もあつた。之を聴いても山の冬の静けさ寂しさが考へられる。日本海の水域に属する低地は、一円に雪の為に交通がむつかしくなる。伊予に住み馴れた土居得能の一党が、越前に落ちて行かうとして木ノ目峠の山路で、悲惨な最後を遂げたといふ物語は、太平記を読んだ者の永く忘れ得ない印象である。総体に北国を行脚する人々は、冬のまだ深くならぬうちに、何とかして身を容れるだけの隠れがを見付けて、そこに平穏に一季を送らうとした。さうして春の復つて来るのを待ち焦れて居たのである。越後あたりの大百姓の家には、斯うした臨時の家族が珍しくはなかつたらしい。我々の懐かしく思ふ菅江真澄なども、暖かい三河の海近い故郷を、二十八九の頃に出てしまつて、五十年近くの間秋田から津軽、外南部から蝦夷の松前まで、次から次へ旅の宿を移して、冬毎に異なる主人と共に正月を迎へた。山路野路を一人行くよりも、長いだりに此方が一層心細い生活であつたことゝ思はれる。

こういう陰鬱な冬籠を考えるなら、

冬籠またよりそはむ此はしら　芭蕉
金屛の松の古さよ冬籠　同
冬ごもり母屋へ十歩の椽づたひ　蕪村

などという、無精さがそのまま風流であるような冬籠の句ばかりでは、日本人の生活は浮び上ってはこない。

万葉では、冬籠は春の枕詞で、「冬籠、春さり来れば」などと詠んでいる。王仁(わに)博士の

作と伝えている、

難波津(なにはづ)に咲くやこの花冬ごもり今を春べと咲くやこの花　（古今集序）

の歌の「冬籠」は、古くから伝承されて、意味性・描写性を喪失し、枕詞的・装飾的に感じられていたようだ。この歌は、植物（梅）の冬籠である。冬籠は草木が冬のあいだは枯死状態になっていたのが、春になって芽を出し、花を咲かせる、つまり草木が「発(は)る」から、春の枕詞になったのだ、などと説かれているが、どうもそうではなかったらしい。

古代の信仰生活では、冬のあいだは静止的な物忌の禁欲生活にはいり、ほとんど仮死と同じ状態の生活をつづけ、それが冬籠なのである。そして春が到来すると、復活の儀式によって甦生(こうせい)し、それが春祭であり、その時期が春なのである。

物のなかにはいって出られないのが、喪に籠っている状態であり、そのあいだ身体は空洞で、外来魂が来て触れて、生きかえるのを待っていたのである。空洞な身体に外来魂が来触して内在魂となり、物忌の状態を脱け出すことを「はる」と言った。冬籠の期間の長いことは、そのあいだに神聖な霊力が寓(やど)り、増殖して、人の発育が充分遂げられることを意味しているから、その長いことを言うことが、初春の慶賀の意味をも帯びてくるようになった。

人だけでなく、自然物も冬籠するから、万葉では「冬木成(ふゆごもり)」という字を当て、「冬ごもり、春の大野」「冬ごもり、春咲く花」などとつづけている。俳句の歳時記では、冬籠は人事の季題に分類されているが、人間以外の生物にも、冬籠と言ったのである。

雪ふれば冬ごもりせる草も木も春に知られぬ花ぞ咲きける　紀　貫之

歳時記に慣用されている、時候・天文・地理・人事・動物・植物と言った分類法は、こんなところにも馬脚を露わす。

香の名をみゆきとぞいふ冬籠　竹下しづの女
夢に舞ふ能美しや冬籠　松本たかし
昼の闇得し猫の眼と冬ごもり　中村草田男

息(いき)白(しろ)し

近ごろ冬の人事季題に、「息白し」というのがあって、「白息(しらいき)」などとも使っている。けれども吐く息が冬白くなるのは、なにも人間に限らない。牛も馬も犬も、白い息を吐く。

動物の季題でもあるわけだ。

息の白さ豊かさ子等に及ばざる　中村草田男

同じく、息の白さ、豊かさにおいて、人間は牛や馬に及ばない。

私はこの「白息」という言葉がきらいである。センスのない言葉だと思う。私は橋本多佳子さんを、まれに見る才媛だと思うが、次のような句は、あまり好きになれない。

泣きしあとわが白息の豊かなる
許したし静かに静かに白息吐く

ところで私は、志賀直哉氏の小説に「気霜（きしも）」という言葉を発見した。そして、これはよい言葉だと思った。私は俳人たちに提案したい。白息と言いたいときには、気霜という言葉を使ってみたらどうだろう、と。

朝若し馬の鼻息二本白し　西東　三鬼
さし寄せし暗き鏡に息白し　中村　汀女
白がねの息立つ共に寝共に老い　平畑　静塔

雪(ゆき)

三好達治の詩。

雪

太郎を眠らせ、太郎の屋根に雪降りつむ。
次郎を眠らせ、次郎の屋根に雪降りつむ。

なにか心の奥底に、あたたかく滲み透ってくるような感動がある。これはどういうところから来るのだろう。

雪というと、だれしも少年時代のことが、心に浮んでくるのではなかろうか。雪というと、遠い郷愁のような思いが、誰しもわきおこってくるのではなかろうか。

「太郎を眠らせ」「次郎を眠らせ」というのは、母親の思いである。眠っている太郎と次郎は、夜のまにおやみなく雪が降り積っていることを知らない。子供たちを眠らせた枕もとで、針仕事かなにかに精出しているのは、日本の母親一般の姿である。

太郎も次郎も、日本ではいちばんありふれた名前だ。特定の個人の名前とは思えないくらいのものだ。三郎、四郎……と、どこまでもつづく。日本人は大昔から、八幡太郎、熊谷次郎、新羅三郎、仁田四郎、曾我五郎などの昔から、よくも飽きもせずに、同じ名前をつけてきた。

太郎と次郎とが眠っているのは、一つの家のなかでもよし、別の家でもよい。だがそれが、日本人がいちばん愛着している太郎、次郎という名前であるために、それはもっと拡がって、一つの字、一つの村全体にわたってくるような気がする。いや、もっと拡がって、日本全体にまで膨脹してくるような気がする。太郎、次郎が眠っている小さな家が、あたかも国全体の凝縮された一点であるかのように思われてくる。

あたたかい家の中に、子供たちはすやすやと眠っている。音もなく雪は屋根に降りつもる。天から子供たちに、もたらされる幸福のかけらででもあるかのように——。

なにも知らないで眠っている子供たちは、翌朝眼を覚まして、一面の銀世界に思わず歓喜の声を挙げるだろう。そして元気に、雪のなかをはねまわるだろう。そういった明日の日の子供たちのしあわせが、この二行詩の裏には感ぜられる。

含意の深いたった二行の詩だから、読む人によってどうにでも受取れると思うが、私はおおよそ、こんな風に受取った。この詩は、雪に対する日本人の古来の気持を、集約的に表現しているようだ。では日本人は、雪をどう考えたのか。

古くは村々では、その年の農作物の豊凶を山に咲く花や、山にかかる雪をもってうらなった。土地の精霊が、あらかじめ豊年を村のみつぎものとして見せるために、雪を降らせるものと考えた。だから雪は、稲の花の象徴と見立てられたのだ。それは村々に、幸福をもたらすものだったのである。

農男とか農鳥などと言うのは、富士山に見られる人形(ひとがた)、鳥形の残雪現象の名である。あるいはまた、甲斐の白根三山に、農鳥岳というのがある。

繭干すや農鳥岳にとはの雪　石橋辰之助

また各地の駒ヶ岳は、駒形の残雪現象からつけられた名だ。また八甲田山では、残雪が老爺のものを蒔く姿に似ているので、種蒔おっこと言っている。

こういった山の側面にできる残雪の形には、毎年きまった形があって、それが鳥・人・駒などの形を現したとき、種蒔や田植をする習慣がある。暦がわりになるのである。これも、もとは雪をもってうらなうという古い信仰の名残なのである。

後には地上の雪も、山の雪と同様に見られた。信州、新野(にいの)の雪祭は、古い信仰の形を見せていて、三河の花祭などとともに、民俗学では大事な祭になっているが、その祭では雪不足の年でも、たとえ一握りの雪でもよいから、神前に供えなければならぬとされている。そして、古風な田楽が行われるとき、その周囲の者は、雪が降っていなくても、「大雪でございい、大雪でございい」と連呼するのである。

古代の信仰では、冬ごもりのあいだに、威力のある霊魂が人の身にやどるものとされていた。雪の久しいことは、冬ごもりの期間の永いことであり、そのあいだにおける発育の大きいことである。

だから催馬楽(さいばら)の「梅ヶ枝」で、

梅が枝に来ゐる鶯春かけて鳴けどもいまだ雪は降りつつ

などと言っているのも、雪の久しさを言うことが、そのまま慶賀の言葉になっているのである。

池田弥三郎氏と『万葉百歌』という書物を作ったとき、氏が万葉の雪の歌は、本当はみな春の歌ではないか、と言ったことがある。そう律してしまえるかどうか分らないが、そう解釈した方がよい歌も、かなりあるようだ。新野の雪祭を見ても分るように、それは正月の行事であり、雪をその年の豊年の予兆と見立てたものだからである。

巻向(まきむく)の檜原(ひばら)もいまだ雲ゐねば子松が末(うれ)ゆ沫雪(あわゆき)流る　(柿本人麻呂歌集)

この歌など、檜原社の神事の匂いが、どこかただよっている。するとこれは、やはり早春のことほぎの歌かも知れない。子松の枝に流れる一握りの沫雪が、豊年の「ほ」(神意を象徴して現れるしるし)なのかも知れない。

そういう信仰が古くからあって、日本人の雪をよろこび、「雪見」などと言って、それを鑑賞する態度が導き出されてくるのだ。

雪は今でも、私たちを童心にかえらせる何物かがある。雪は思郷、回想をさそう種である。

雪の旦(あさ)母家(おもや)のけむりめでたさよ　与謝　蕪村
いくたびも雪の深さを尋ねけり　正岡　子規
降る雪や明治は遠くなりにけり　中村草田男
外套の裏は緋なりき明治の雪　山口　青邨
限りなく降る雪何をもたらすや　西東　三鬼

こういった俳句には、なにか作者の心の底に、同じような気持が脈々と波打っているのを、感じることができないか。

なお、次のような雪の句もなかなか味わいが深い。

山鳩よみればまはりに雪が降る　高屋　窓秋
昔雪夜のラムプのやうなちひさな恋　三橋　鷹女

ゆふぐれと雪あかりとが本の上　篠原　梵
柿の枝の影につまづく雪月夜　石川　桂郎
まならの緋を積む雪の降りにけり　斎藤　玄

味（あじ）の讃歌（さんか）

ネギは五分ちぎりコンニャク味噌のたれああたのし今宵は馬肉を食はむ　土屋文明

こういう歌を読むと、私はつくづく貪（むさぼ）ることの健康さを思う。馬肉といっても、一般的な食べ物ではないかも知れない。世田谷あたりから東京へ出て来た馬方たちが、帰りに馬肉で一杯引っかけるといった店が、昔、宮益坂にあった。今通りがかりに注意して見るが、それらしい店はない。近ごろ人に、その馬肉屋は裏通りにあることを聞いた。荷馬車が影をひそめ、自動車の時代となっては、帰りに馬肉で一杯というわけにも行かないだろう。玉電の通りの、大橋の近くには、今も桜鍋屋が看板を出している。

土屋氏は信州に六年住んでいたころ、馬肉を食う習慣がついたらしい。

馬肉十五銭買ふを奢りに妻と二人寒き信濃の六年すごしき　同

私も信州で、馬肉の刺身というのを食べさせられたことがある。辛子醬油やニンニクで食べたと思う。鮪のグニャグニャしたような感じであった。結構食べられたが、うまい鮪のある東京へ帰って来ては、もう食べる気はしなかった。

あるときある若者に、馬肉の刺身を食べた話を自慢げにしたら、彼は私が話に乗ると思ったのか、マトンの刺身を食わせる店に私を案内した。これはいささか辟易（へきえき）した。だがこの土屋氏の歌は、如何にも貪ることの楽しさを、教えてくれる。土屋氏には、貪る楽しさの歌が多い。

冬の葱送り来りぬ甘楽郡（かんらごほり）の此の太葱よ魚の腸（わた）も煮む　同

身をつくり肝を煮込みてぶり一尾に半日遊ぶたのしかりけり　同

など、その人がらと好みが、はっきり浮び上ってくる。上州甘楽郡下仁田（しもにた）の葱である。関西では京都の海老芋、関東では下仁田の太葱が東西野菜の王者である。

貪る歌は、斎藤茂吉にも多い。彼はウナギが大の好物で、毎日食べても飽きなかった。美食というのではなく、一つの好みに執する方である。幼時から、最上川のウナギをこの世の最上の美味としていたからだろうか。

これまでに吾に食はれし鰻らは仏となりてかがよふらむか　　斎藤茂吉
汗垂れてわれ鰻くふしかすがに吾よりさきに食ふ人のあり　　同
もろびとのふかき心にわが食みし鰻のかずをおもふことあり　　同

これらはすべて晩年の歌である。生涯に食ったウナギの数を思い、その多さにあきれ、それらウナギの命に深く礼拝しているのだ。「仏となりてかがよふらむか」に、どこかとぼけたユーモアがある。
釈迢空も貪る方だった。これは美食家の方である。大阪人らしくしつこいものが好きで、いささかゲテ趣味でもあった。自分でくりやに下りて、焼いたり煮たり、さまざまの男料理に興じることもあった。

くりやべの夜ふけ　あかあか火をつけて、鳥を煮、魚を焼き、ひとり楽しき　　釈　迢空
物見れば、見る物ごとに、喰はむと思ふ。むべわが幸も喰ふに替へつる　　同

吉井勇は東京ッ子だから、好みがあっさりしている。それに彼は酒家であり、旅さきで

ひとり酒を酌むその雰囲気の侘しさを、よく歌にした。

土佐の海とどろとどろと鳴る夜半に酌みたる酒をえこそ忘れね　吉井　勇
大土佐の干鰯をば焼きて酌む年祝ぎ酒はまづしけどよし　同

酒の歌と言えば、同じく旅の詩人若山牧水が、大伴旅人以来の讃酒歌の作者だ。その牧水も、晩年には医者にとめられ、夫人の眼をぬすんで飲んでいたらしい。

妻が眼を盗みて飲める酒なれば惶て飲み噎せ鼻ゆこぼしつ　若山牧水
足音を忍ばせて行けば台所にわが酒の壜は立ちて待ちをる　同

何ともユーモラスな中に、人間のあわれがひそんでいる。

べんたうのうどの煮つけの薄暑かな　久保田万太郎
蕎麦よりも湯葉の香のまづ秋の雨　同

万太郎らしい淡彩の句。前の句、何でもないことを言って、ほのかな味わいがある。弁当を開いて、ウドの煮つけにまず軽い喜びを感じたのだが、「薄暑」という初夏の季題を、実にうまくあしらっている。

次の句は、たしか麻布永坂のさらしなの句。おかめ蕎麦をあつらえた。湯葉を結んだ形が女の島田髷に似ているから、「おかめ」と言うのだという。蓋をあけた瞬間、ぷんと匂って来た湯葉の香を捕えたのである。

箸にかけて山葵匂はし雪の暮　渡辺　水巴
雪となりて火のうるはしさ目刺焼く　同

これも江戸ッ子らしい神経が通っている。炭火の上に乗せて目刺を焼くといった情景も、もうあまり見られなくなった。オーブンで焼いたのでは、句になりそうもない。最後に虚子の句を一つ。そのものズバリの、見事な味覚の句である。

鯖の旬即ちこれを食ひにけり　高浜　虚子

（味の味　昭和四十四年六月）

討入りの日

十二月十四日が討入りの日であることは、子供でも知っている。だが、この討入りの日という季語は、私が歳時記に入れるまで、どの歳時記にもなかった。義士祭というのは、四月一日から三十日まで、泉岳寺で、大石良雄の念持仏の摩利支天の開帳などがあって賑わうが、これは討入りとはまったく関係がない。また大石忌というのは三月二十日で、祇園の一力で大石の法要を営み、なじみの客などを招待するが、これは忠臣蔵の七段目に、一力茶屋の場があって、大星とお軽を中心に華やかな舞台を展開するから、それにちなんだ行事で、本当の大石の命日は、二月四日だ。三月二十日の方は、むしろ大星忌、由良之助忌とでも言った方がよいかも知れない。

討入りの日の例句は、ぼつぼつ作る人が出てきた。

松に月義士討入の日なりけり　敦

天窓見て義士討入の日と思ふ秋を

義士の日の雪すこしある母郷行　十光

この日赤穂浪士方には一人も死者が出なかったが、吉良方では義央親子の外に、清水一学、小林平八郎などが討死した。だから、吉良忌、義央忌、一学忌、平八郎忌とも言えようが、例句はわずかに、

吉良の忌の書院に庫裏の客溢れ　一洋

が目についただけだ。やはり吉良忌では、感動がないのだろう。

大石忌、義士祭では、

ひえぐ／＼と蛸肴ありに大石忌　三汀

叔父の僧姪の舞妓や大石忌　たかし

白日に蕎麦啜るなり義士祭　波郷

義士祭の曇天の花重たしや　桂郎

など、それぞれ手だれである。ことに蛸肴の句は、七段目の舞台を思い出させる。

そう言えば、勘平忌（萱野三平忌）は句になると思うが、はて何時だったろうか。

（ポスト　昭和五十三年十二月）

（追記）この一文を読んで、池田弥三郎氏から端書が来た。

「閑信『ポスト』拝見いたしました。

与市兵衛は六月二十九日の夜になくなっています。勘平はその翌日。

六月三十日か七月一日。秋の気配が六段目は濃いので、勘平忌は七月一日ではいかがでしょう。」（昭和五十三年十二月十八日消印）

私はすぐ池田氏への返事に、三正綜覧で調べると、元禄十四年六月は小の月だから、勘平忌は七月一日、秋の季にしたいと書いた。それに、猪は俳諧では秋の季だからとも書き添えたと思う。

するとまた、早速池田氏から返事。

「再啓　忠臣蔵は元禄でなく、暦応ですから、その年のことに致しますと、北朝、光明天皇、建武五年（一三三八）、八月二十八日、改元して暦応元年。南朝は後醍醐、延元三年。

忠臣蔵の本文には、

　頃は暦応元年如月下旬、

とありますが、二月はまだ、建武五年です。その年、六月は小ですから、どのみち勘平忌は動きません。秋の部に是非おいれ下さい。」（十二月十八日消印）

とあり、左の例句が書き添えてあった。

　羽左菊五勘三郎や勘平忌

「勘」の字が重なったのが面白い。私信の無断引用は申訳ないが、表に「閑信」とあり、プライヴァシーに触れることのない、遊びの手紙なので、池田氏も許して下さるでしょう。

前便と後便と、玉川郵便局の同じ日の消印なのは、よほど素早い書信の往還であったようだ。郵政省も、そのころは勤勉であった。

私が一本取られた恰好だが、すると吉良忌も師直忌、浅野内匠頭忌は塩谷判官忌、大石忌は大星忌でなければならないのだろうか。少しややこしくなった。

なお附け加えれば、定九郎忌と与市兵衛忌とは、六月二十九日だから、猪が登場するにもかかわらず、夏の季となる。これは早速、戸板康二氏にも例句を作って貰うことにしよう。

去年今年

「去年今年」という言葉がある。もっぱら俳諧の用語である。テレビでは「行く年来る年」と言っている。紅白歌合戦が終ると、各地の除夜の鐘を聴かせ、「行く年来る年」という名の番組になる。その年最終の番組である。

すると、「行く年来る年」とは、歳末の季語になるらしい。「去年今年」というと、新年の季語である。同じような言葉だが、語感に微妙な違いがある。

だが、「去年今年」とは一体どういうことなのか。分ったような、分らないような言葉の一つであった。だが、この季語を用いて、

去年今年貫く棒の如きもの　高浜虚子

という句が作られた。この句が一代の名吟として喧伝され、それがきっかけとなって、「去年今年」という言葉を入れた俳句が、しきりに作られるようになった。

何でも終戦後間もなくのころ、正月の鎌倉駅の構内に、町に住む文士の自筆の句文に交って、この句が掲げてあった。それをたまたま、川端康成氏が読んで感嘆し、随筆に書いた。私がこの句を知ったのはその文章によってだが、それで一躍有名な句になった。「去年今年」という季語のイメージが、これでたちまちはっきりして来た。名句とはそういうものである。名句が詠まれて、その季語の価値が定まり、その意味やニュアンスが引き立ってくる。

去年と今年とは、暦の上でははっきり区切られている。戦前の日本では、それをきっかけに、人は誰でも一つ年を取る。戦後は年を満で言うようになり、去年と今年とには断層がなくなり、のっぺら棒となった。

もちろんそんなことを言った句ではない。だが、この句が作られてから、去年と今年とのつながりは、一本の「棒の如きもの」と実感されるようになった。「棒」とは人を食った形容である。禅の一喝に遇ったようだと川端氏は言った。人の生涯もまた、どんなに紆余曲折があろうとも、結局は歳月を「棒」と感じ入るところに、生の達人の達観があるのであろう。

路地裏もあはれ満月去年今年　三橋　鷹女
命継ぐ深息しては去年今年　石田　波郷
燃ゆる火にひしめく闇も去年今年　木下　夕爾

（ポスト　昭和五十三年一月）

初春（はつはる）

新春の季語は、あらたまった気分を主にして作られている。正月に見る「初日」が、自然現象としてかくべつ変る道理もないが、元日の朝早く起きて、初日を拝むという新たな気分が、この季語のニュアンスである。二見ヶ浦の初日といったら、昔から陳腐な絵だが、伊勢へ「初詣」をして、二見で初日を拝んで、初めて正月を迎えたような気分になった人も多かったのである。

明治神宮の初詣客の雑踏も、同じ心理である。

江戸から見る名山として、「初富士」を見ることも、改まった気分のものであった。高い建物やスモッグにさえぎられて、今は東京で初富士を眺めることは、よくよくの幸運だろう。九段の通りは、富士に向ってまっすぐに通っているので、晴れた日ならよく見えるから、富士見町と言ったのだろう。初富士に対して、「初筑波」と言ってもいい道理だが、歳時記に挙げないのは、どういう理由であろう。

（附記）私の『最新俳句歳時記』の外、「初筑波」を入れた歳時記が多くなった。「初比叡」「初浅間」なども。

初富士を隠さふべしや深庇　阿波野青畝
桑畑に無人踏切初筑波　富安　風生
ほのぼのと二つ峰あり初筑波　清崎　敏郎
初比叡や中堂の辺のはだら雪　白草居
初浅間けむりいささかあぐるなり　斌

（葵　昭和四十二年一月）

雑煮(ぞうに)

正月の思い出となると、やはり私は、少年時代の長崎のころが、一番印象が深い。餅搗などというと、東京ではもう自分の家でやる家なんぞないだろうが、搗き上るのを待っていて、搗きたての餅を食べる楽しさは私たちの子供等の世代には、味わわせるすべもない。

餅搗はまだ暮のうちだが、正月というと、やはり雑煮がなつかしい。長崎の雑煮は、ごってりといろんなグを入れるが、その数は五とか七とか、奇数になっているようである。鶏、かまぼこ、椎茸、菜、銀杏、大根などの外、かならず鰤の身がはいっている。おつゆはスマシである。雑煮という意味が、雑多なものを入れて煮るという意味なら、長崎の雑煮ほど、その名にふさわしいものはない。だが、私が本当においしいと思ったのは、金沢の雑煮だった。私の母は金沢の生れだったから、三が日のうち一回だけは、雑煮を金沢式に仕立てた。

それは昆布だしの汁の中に、焼かない餅を入れて煮こむ。今、東京などで食っているような、機械づきの餅では駄目。餅がどろどろに崩れて汁が濁ってしまう。いくら煮ても崩れない、切った角が鮮かに残っている、腰のしっかりした餅でなければならない。搗くとき手を抜いては、駄目なのである。その、とろりと柔かく煮上って崩れない餅を、椀に盛り、汁に浸らない餅の上に、花がつおをのせる。餅の外に、余計なものは何も入れない。これでも雑煮と言えるかどうか知らないが、一番贅沢で、おいしい雑煮は、この金沢の雑煮なのである。

三椀の雑煮かゆるや長者ぶり　　与謝　蕪村
さゝ鳴を覗く子と待つ雑煮かな　　渡辺　水巴
空たかき風ききながら雑煮膳　　臼田　亜浪

（電信電話　昭和四十三年一月）

富士（ふじ）への讃歌（さんか）

永井荷風の俳句に、

物干に富士や拝まん北斎忌

というのがある。「富嶽三十六景」を描いた北斎の忌日に、東京の町家の物干から、はるかに富士を拝んだという句だが、こういう句を見ると、昔は富士と物干とは、よく似合ったんだなと思う。

こういう取合せの妙は、北斎の富士山の絵には、ふんだんに発揮されていた。高橋の橋の下から、遠く小さく富士を望み見ている図など、例の浪裏富士などとともに、構図の妙をきわめていた。

俳句の季題に「初富士」というのがあるが、こういう季題は、だいたいは江戸で成立した季題なのである。しばらく前までは、富士を見る名所が東京にはいくらもあった。煤煙と高層建築とが、東京人と富士との関係を希薄にした。工場から煙の出ない日曜祝日が、たまたま風の強い晴天の日だったりすると、思わぬ西空に、くっきりと富士が浮んでいたりする。昔の人は物干と言ったが、今はビルの屋上や、高速道路を走りながら富士を捕えることができるのである。それが昔の物干のように、似合うかどうかは別問題だが——。

東名高速道路が開通し、また富士五湖も近くなって、富士山との親しみが、回復されてきたようだ。まだ富士山が煙をあげていた山部赤人の時代以来、日本の詩人や画家たちは、いろいろに富士山の讃歌をうたい、その美を描きつづけてきた。画家には、北斎や広重以来、横山大観があり、梅原龍三郎氏があり、林武氏がある。同じ富士を描きながら、こうも個性が違うものかと思わせる。文学者では、北村透谷が富嶽の詩神を論じ、太宰治が『富嶽百景』を書き、草野心平氏が詩集『富士山』を編み、最近では富安風生氏が『富士百句』をえらんだ。中には富士に対する反発を詠んだ詩人もあるが、ともかく画家も詩人も、富士に新しい美を発見しつづけて今日に至っているし、それは未来永劫つづくだろう。

少女たちがうまごやしの花で作った花環をなわにして、縄跳びをすると、その円のなかに富士がはいり、そのたびに富士は近づき、遠くに坐る——と、草野氏は詩に美しく詠んでいる。これは桶職人が作る大きな桶の輪の中に、すっぽりと富士を入れてしまった、北斎の絵を連想させる。

太宰は御坂峠から見る富士が、風呂屋のペンキ画のようだといって、恥ずかしがりながら、そのうちふと「富士には、月見草がよく似合う」ことを発見した。

富士が嶺の裾野の原をうづめ咲く松虫草をひと日見て来ぬ　若山牧水
れいろうと不盡の高嶺のあらはれてじゃがいも畑の紫の花　北原白秋

これらの短歌は、松虫草やじゃがいもの花が富士によく似合うと主張しているようだ。それぞれ、大野原（富士南麓）と三浦三崎で見た富士である。

赤富士に露滂沱たる四辺かな

これは風生氏が「赤富士」を夏の季題として、いろいろ試みた中の一句であった。

（毎日新聞　昭和四十四年五月十一日）

探梅(たんばい)

梅は春のさきがけの花だが、探梅というのは、まだ冬のうちに、山野へ出かけて早咲きの梅をさぐり、近づいてきた春のたよりをたずねることなのである。

漢詩に探梅と言い、探春と言っても、かならずしも冬のうちに探るということではなかった。探梅の語に、冬の季感をさぐり当てたのは、芭蕉である。

貞享四年十二月、笈(おい)の小文の旅行のおり、芭蕉は名古屋の防川亭で、

香を探る梅に蔵見る軒端かな

と詠んだ。挨拶の句であり、春にさきだって開く梅の香をたずねて、そこに立派な土蔵を持った家を見出だした、というので、富商防川の、富みながらも風雅の心を失わないのを讃めたのである。これははじめて、探梅の句が冬季として詠まれた句であろう。

芭蕉はもう一句、元禄五年十二月二十二日に、青地周東の邸での即興の句に、

うち寄りて花入探れ梅椿

と詠んでいる。これも、花入について早咲の梅や椿を探れという意味で、野外に梅を探るという本来の探梅の意味を、ひるがえして、花入に探れと言ったのである。

このときの俳席には、其角・桃隣などの門下生も同座して、連句を作ったらしい。そしてそのとき、あるじが脇句を付けようとして、脇の季節をうかがうと、芭蕉は冬だと答えたという。発句と違った季節の句を付けることは、句の法にはずれることであるが、この芭蕉の句には、梅・椿と春の季語がはいっているので、あるじの周東がふしんに思ってたずねたのである。時は十二月だから、この席で春を詠むということも、俳席の法にはずれているのである。

芭蕉はこのとき、探梅を冬季に用いるのは、詩家の格だと言った。これは芭蕉が、探梅を冬季に定めたことの証拠になる。「探る」という言葉に、まだ珍しいもの、乏しいもの、早過ぎるものを探る意味を受取ったのは、芭蕉の鋭い季節感覚である。

梅は万葉集では、冬のものとも春のものとも決っていない。当時の知識人たちの文人趣味から、梅はことに愛好され、大伴旅人を取り巻く太宰府での知識人グループのあいだで、たびたび観梅の宴をやって、歌を作っている。桜の趣味が農民層に広く行きわたったのに対して、梅は始めからインテリ趣味なのである。

最近、探梅は梅見と同じく、春季だと強弁している歳時記があるが、それは芭蕉がこれを冬季に決めた真意に対する無理解に拠るものだ。元来の意味は同じであっても、「見る」と「探る」に微妙な季感の相違を感じ取った彼の詩人的感覚は尊重すべきだろう。彼は「梅を探る」「香を探る梅」などと言って、「探梅」という漢語は用いていない。「探梅」の語が季語として一般化したのは、たぶん虚子以後だろう。

この道をわれらが往くや探梅行　高浜　虚子
探梅や遠き昔の汽車にのり　山口　誓子
探梅やみささぎどころたもとほり　阿波野青畝

厄払い

歌舞伎の科白は、季節感にあふれたものが多いが、そのことは、作品の上演される季節が、ほぼ決っていたことを物語っている。たとえば『三人吉三巴白浪』など、今はいつでも季節をえらばないでやっているかも知れないが、もともと正月以外に上演しては、具合の悪いものなのである。
大川端庚申塚の、あのお嬢吉三の有名な科白は、それこそ新春の景物を、頭に浮んでくるままに、意味もなく、つらねたようなものだ。

月も朧に白魚の篝も霞む春の空、つめてえ風もほろ酔に心持よく浮か〳〵と、浮れ烏の只一羽塒（ねぐら）へ帰へる川端で、棹の雫か濡手で粟、思ひがけなく手に入る百両（ト懐の財布を出し、につたり思入れ、此時上手にて厄払ひの声してお厄払ひませう、厄落し〳〵と呼ばはる）。ほんに今夜は節分か、西の海より川の中落ちた夜鷹は厄落し、豆沢山に一文の銭と違つて金包み、こいつあ春から縁起がいいわえ。

この科白を聴くために、この一場は上演されているようなものだ。観客はこの景気のいい科白に、理非を超越していい気持になり、突き落された夜の女の不幸な運命などは考えない。ただ、役者の容姿と、無意味な科白の名調子にうっとりして、本当に春が来たような感じにひたることができるのだ。
朧月・白魚篝・春霞と、いずれも春の季題であり、口から出まかせにそれらをつらねて、春の情景を強調しているのである。大川端だから、昔は佃島の漁師たちの白魚採りの篝火が見えたにしても、その外は、春だというので春らしい言葉を持ち出してきただけのことだ。なるほど節分の翌日は立春で、春にはちがいないが、春と言ってもまだ厳しい寒さのころで、急に朧月が出たり、春霞がたなびいたりするものではない。だがそこに、春の到来を思わせる景気のいい言葉をつらねて、春の気分を浮き立たせればよかったので、それはリアリズムではなく、装飾画風のレトリックである。

その上に作者黙阿弥は、舞台へは出さないが、上手に厄払いの声をきかせる。この声が、当時は如何にも春立つ気持に、観衆をさそいこんだのである。厄払いの言葉の唱えおさめは、「西の海へさらり」だから、「西の海より川の中落ちた夜鷹は厄落し」とくるのだが、厄落しあつかいされては、夜鷹のおとせも浮ばれない。だが、厄落しに引っかけたところに、観衆はユーモアを感じたろう。節分の夜に、厄年の男はふんどしを辻に落して、厄落しをやるのである。

厄払いは今でこそ見なくなったが、昔は節分の夜に、手拭いで顔をつつみ、尻端折りで、背に張ぼての籠をかつぎ、扇子を持って、「厄払いませう、厄払いませう」と言いながら、町々を歩いたのである。厄年に当った人のいる家で、呼び入れて豆と銭とを紙に包んで与えると、唱えごとを言って去る。紙包みを、厄落しに辻に落しておくこともある。「豆沢山に一文の銭」では、拾った者も、ありがたくはないわけだ。そのけちな紙包みとは反対に、思いがけなく百両の金包みを手に入れたところに、縁起のよいユーモアがあった。そういうユーモアは、昔の江戸ッ子でないと、もう感じなくなってしまった。

厄払いということは、歌舞伎にはとくに深い因縁があった。声色の好きな人が、厄払いと唱えている科白が、切られ与三郎や弁天小僧のなかにある。歌舞伎役者の古い隠れた仕事の一つに、厄払いに似た職業があったらしい。その唱えごとが、いくらか芸術的に洗煉されて、舞台の上に残ったものが、厄払いの科白なのだと、釈迢空は考えていた。

東北地方では、今でも正月十四日の晩に、ナマハゲという鬼が家々へ予祝にやってくるが、厄払いも元来その春来る鬼の一種で、人に顔を見せないことは、鬼の要素の一つであった。大晦日の年越、正月十四日の年越、節分の年越は、古くはすべて春の前夜を意味し、自由に同一視していたのである。

遠い昔には盆が十五日であるように、正月の十五日の満月の夜が、一年の始まりだった。のち、大陸の暦制が輸入されて、元旦を年の始めとするようになった。だから正月行事のうち、公けの意味を持つものは、元旦（大年）の日に移され、主として内輪の意味を持つものは、十五日の小正月（小年）に残された。そのように、新旧二重の暦法が重なっている上に、太陰暦（大晦日）と太陽暦（節分）の考えが、さらに二重になって、年越が何度も繰り返されることになる。

それはともかく、厄払いの風習も、日本の太古の習俗に起原を持っている。厄を払うという考え方は、もともと村々の生活に幸福と豊穣とをもたらそうという意味のものだった。それが零落して、門付芸になってしまったのである。

声よきも頼もし気也厄払　炭　太祇
厄払跡はくまなき月夜かな　大島　蓼太
厄払ひ女あるじに呼ばれけり　岡本　松浜

歳時記について

一

これは私の、季の詞についてのノートである。

私は昔から、俳句の歳時記をときどき開いてみるのが好きだった。べつに俳句を作るために開くのではない。俳人たちがこの書物を実用的に読むところを、私はしごく趣味的に読んだというに過ぎない。

あちこち読んでいるうちに、私は歳時記というものが一千年以上にわたって持ちつづけてきた美意識と生活の知恵との、驚くべき集大成だということに気づいたのである。すこし丹念に読めば、これは誰にも分ることなのだが、ここには記紀・万葉以来の歌人たちや連歌師・俳諧師たちによって、選び出され、磨き上げられてきた、かずかずの季の詞がある。たとえば「行く雁」と言い、「花たちばな」と言い、「野分」と言い、「時雨」と言っても、それは日本のある特定の季節現象を示す言葉であるばかりでなく、その言葉自身がさまざまのニュアンスを含んだ一種の美的形成物だということである。日本人がこれだけ季の詞に執着し、それを美しく磨き上げることに異常な熱意を示したということは、これは特別に説明しなければならない一つの事実なのである。言葉を美しくするために払われるエネルギーというものが、もし考えられるとすれば、日本では、季の詞を美しくするために、千数百年にもわたって、たいへんなエネルギーが払われてきた、と言えるだろう。

二

俳句であんなに季のことをやかましく言うのには、理由があった。それを俳人にたずねてみたって、満足な答えは得られない。実際に作ってみたら、とても季なしでやれるものではない、と答えるのが落ちである。実作の経験がそう言わせるのだから、それはそれでよい。どんな屁理屈を並べてみても、彼等の長年の経験から体得した知恵をうち負かすことはできない。

だが、それについて、柳田国男翁は別の解答を用意していられた。俳句が群の芸術として発生し、成立したところにある、と言うのである。一人の作者に対して、おおぜいの読者がある他の文学・芸術と違って、俳句は群の中で楽しみ合う文学なのだ。俳句の読者とは、また同時に作者でもあるのだ。おたがいに同じような知識と経験とを持ち、相手の思っていること、言いたいことがよく分り、短い言葉で言っても、相手は言葉をおぎなって理解してやるだけの親切気がある、といった一種の共同理解の場が存在していることが、俳句の社会の要件なのであった。そして、彼等の共同性の結び目になるものとして、俳句が季を中心に据えた文学だということが、大きくクローズアップされてくるのである。

三

日本ほど季節の変化の豊かな国土はないと言われる。それは国土が、ほぼ規則正しく寒暑の交替してゆく温帯に位置を占めているとともに、四方海にかこまれ、夏と冬とに季節風が吹き、春雨や梅雨や台風などといったいちじるしい季節現象に見舞われるモンスーン地帯にあることから来ている。このことは、日本人の季節の移り変りに対する感受性を、非常に鋭く、繊細なものにした。おそらく風の名や雨の名を、日本人ほどたくさん持っている国民は、外にないだろう。その微細な変化を感じ分けて別の名をつけたが、それらの季節現象は彼等の生活と生活感情の深部にまで滲みとおって、影響を与えているのである。

それは、あらゆる日本人にとって共通の経験であり、共通の知識である。ある場合には、共通の美意識、共通の思想を形成する種ともなる。日本列島は東西に長く、ほぼ北緯三十四度から六度ぐらいの線における季節現象が標準となる。だいたい京阪地方を中心に、西は瀬戸うちに沿って九州北部に至り、東は東海道を経て東京とその周辺に至る地域で、それ以外の地域の季節現象は、標準からの若干のずれとして意識される。古くから文化の栄えた地域が中心になるのは、止むをえない。「霞」とか「時雨」とか言っても、大和盆地や山城盆地にことに顕著な季節現象として、ひとびとの意識に焼きつけられ、美化されたのであった。

四

季節の題目を集め、分類排列したものが、歳時記、または季寄であった。俳句に詠みこむ季の詞をさぐることは、句作者たちの大事な平素の心がけとされたから、彼等にとって歳時記や季寄は、座右に欠かすことのできない書物であった。ところでそれらの書物も、始めは選りすぐった少数の題目だけを集めたものであったが、季節現象は無尽蔵であるから、次第に題目を多くむさぼり、数を競うようになってきた。

だが俳人たちは、いや、俳人にかぎらず私たち日本人は、万葉・古今の昔から、歌に詠みこまれた四季の題目を持っている。歌人たちの優雅な美意識によって、四季おりおりの好もしい題目として選択されたものであった。「花」は春、「時鳥」は夏、「月」は秋、「雪」は冬、ということは、すでに王朝時代の短歌の世界で、いつのまにか決められていたことで、俳人たちはそれを踏襲しただけのことである。そのような歌の題を、ある美学者は、すでになまの素材ではなく、和歌の美に適合するものが長い伝統のあいだに自然に選択されたという点で、ゾルレンの意味を持っていると言う。それに対して、俳句の題は無限に拡大する素材の世界を整理したという点で、ザインの概観を与えるためのものだと言う。

これは面白い対比である。こういう点に、優美を主とする貴族文学として、自由に素材を拡げることができず、自縄自縛におちいっていた和歌の世界と、平俗を主とする庶民文学として、自由に素材を拡げることのできた俳諧の世界との、大きな違いが出てくるのである。だが、俳句といえども野放図に自由に振舞ったわけではなかった。その世界の中心に、和歌から受けついだゾルレンとしての題目とその約束とを据えていたからこそ、自由に八方に拡がって、ザインの概念を示す広びろとした世界を築くことができたのである。

五

歳時記は日本の文学史上の見事な創造物ではないのか、と私に言ったのは、仏文学者の佐藤朔氏であった。おそらくそれは、単に日本という風土の季節現象の記録であるに止まらず、長い歳月のあいだに、選択し洗煉し分類し集成し、一つの秩序の世界にまで練り上げた、日本人の創造物だということである。そして、柳田翁の言われる群の芸術の作者たちすべてが、その創造に何程かずつ関与している、と言ってもよいのである。

それは季節にともなうあらゆる自然現象と生活と美意識とを、体系づけたものであり、そこに集められた季の詞は並列的に置かれただけのものでなく、そこにおのずから序列があるのだ。中心には、古くから日本人の美意識によってふるいにかけられた題目が並び、その周辺に、ザインの概観を示すところの季語がひしめいている。それは客観的に対象を網羅しただけでなく、そこに一つの虚構の秩序を創り出している。

ザインの概観を示すという以上、それは風土の季節現象に忠実であり、科学的に正確でなければならないのは、当り前である。だが、この秩序の世界の中心部に位置している、ゾルレンとしての題目は、かならずしもそうばかりは言えない。それらの題目も、季節推移の客観的な事実に即することは、当然ではあるが、場合によっては、科学的な正確さに、美意識が優先することがある。もちろん、むやみと客観性が犠牲にされるわけではないとしても、日本人が過去千数百年にわたって積み重ねてきた伝統的感情が、そこにかぶさってくるのである。

四季を代表する景物は、古くから自然と、花・時鳥・月・雪ということに決っていた。そしてそれは、この秩序の世界の中核をなす題目であり、俳句はそのまま、和歌の世界から受けついでいる。だが、花と言ったらなぜ春なのか、月といったらなぜ秋なのか、今日の合理的思想はそれを不自然とするかも知れない。

だがそれは、誰かが勝手に決めたのではなくて、おのずから決った約束であり、今日のわれわれの感情でも、その約束の妥当性を認めることのできるものである。この「花」という季語の性質を説明するのに、芭蕉その他の俳人たちがどのように汗水を垂らしたか、それは本文中にも書いておいた。このような季の詞は、世々の歌よみたちや俳人たちの思考や想像力を、ことば自体のうちにたっぷり吸収しているのであって、そういう季の詞は、ことばとしての年輪を重ねていると言うべきなのである。

おそらく、そういった季の詞が、今日歳時記のなかに、三、四百語はあるだろう。科学性に美意識が優先する季語である。例を挙げれば、囀（さえずり）や蛙や燕が春で、雁や鹿や虫が秋だという約束、あるいは日永が春で短夜が夏、夜長が秋で短日が冬といった約束は、すべて長い歳月のあいだにおのずからそうなったと言えるもので、そこに伝統的な日本人の感受性と叡智とが示されている、とさえ言えるだろう。

六

俳人の歳時記は、ザインの概観を示す季の詞の解説に、科学的な無知から、誤った解説をすることが多い。と言って、それぞれの分野の学者たちの解説は、季の詞の年輪を頭に置いての、美意識による判断に欠けるところがあるから、ゾルレンとしての季の詞の解説には不適任である。たとえば、「花」の解説に、「花は、植物学では顕花植物の生殖器官で、完備した花は、ガク・花弁・雄シベ・雌シベの四つをそなえたものをいっている」云々といったものは、「花」の辞典的解釈ではあるかも知れぬが、歳時記的解説ではないのである。

歳時記に対する興味から、私はいつか深入りしてしまって、ひとつひとつの季の詞、それも主として和歌・連歌以来の古い季の詞の年輪を調べてみたいと思うようになった。季語の年輪ということは、尾形仂氏がさいきん言い出したのだが、私の年輪調べは、だいぶ前から始まっていて、その一部は何かの形で発表したこともあった。

だがそれとともに、日本全土と近海の季節的な風土現象の主要なものを、知りつくしたいという願いも持つようになった。もちろんそういう願いは、私の境遇としては達せられるはずもないが、それでも私のノートには、これまで俳人たちが振りかえりもしなかった季節現象が、いくつも溜っているのである。

だから、私の歳時記に対する興味には、二つの面があることになる。それは国語と国土という二つの言葉に帰着する。

ここに拾ったのは、その一端に過ぎない。それに文章のスタイルも、ある部分は随筆風であり、また雑談風でもあるかと思うと、ある部分は若干衒学風でもある。ときどきに書き溜ったものであるから、その点での不統一は致し方がない。

これは、私の歳時記編纂の副産物とも言えるが、また、私の歳時記の奥行を示す書物とも言えるだろう。ともかく私としては、愛着の深い書物の一つであることは、間違いない。

・文藝春秋新社から話があって、二年がかりで、ようやくまとめることができた。上林吾郎、阿部亥太郎、小田島紀代子の諸氏に、改めてお礼を申上げる。

昭和四十年一月八日

増補版を出す約束を西永氏としてから、一年経ってしまった。ようやく増補すべき項目を拾い出したが、それはいずれかの雑誌、新聞に、時々の依頼で執筆したものばかりである。執筆の年月と、掲載誌・紙名を記しておいたから、これのあるものはこのたび増補したものである。編集に当って、例句をも新しく補った。随筆集『遊糸繚乱』『猿のこしかけ』に収めた文章は、重複を避けて収めなかった。まだ集めればあるはずだが、いったんこれで打切ることにした。

文藝春秋社新旧出版局長樫原雅春氏、杉村友一氏、出版部長西永達夫氏、同次長松成武治氏にいろいろお世話になった。

このたびも堀文子氏に美しい装釘を頂いた。『山川草木譜』以来、『遊糸繚乱』や文庫版『最新俳句歳時記』など、装釘・挿画・カットなどたびたびお願いしている。厚く御礼申上げたい。

昭和五十四年六月四日

山本健吉

解説 『ことばの歳時記』のこと

宇多喜代子（俳人）

数ある山本健吉の著作のうち、長く私が机辺に置いて愛読してきたのが『現代俳句』『芭蕉全発句』、それと『最新俳句歳時記』であった。この『最新俳句歳時記』はいまや古びて本自体が飴色になってしまったが、四季それぞれの部立てが「時節・気象・暦日・山野・田園・園芸・水沢・海洋・行事・飲食・衣類・住居・遊戯」などに細分化されており、普及版の「時候・天文・地理・生活・動物・植物」に分けられたものとは季語への視点にいささかの違いがあることが珍しく、折々に繰ってきたものである。この歳時記の「まえがき」にこんなくだりがある。

私の歳時記に対する興味には、たんに俳句の歳時記としてではなく、ひろく日本の季節的な風土現象を、この国に住む者として、知りつくしたいという気持があった。

この山本健吉の「歳時記に対する」興味をさらに凝縮し、「日本の季節的な風土現象」をより深くみつめたのが、昭和四十年に刊行された『ことばの歳時記』であった。

今般これが復刻されると知り、今という時にこそこの一冊は再読するにふさわしいのではないかという思いを強くしている。初版から半世紀を経た今、日本と日本人をとりまく世界情勢や社会現象、生活様式はおおきく変わり、動植物の生態系にも地球環境にも重い問題課題が山積しているのが今時の実状である。半世紀前に山本健吉が歳時記に対する興味を「国語と国土という二つの言葉に帰着する」（本書「歳時記について」）と述べていたこの二つの内容や様相に少なからぬ変化が生じたのがこの五十年であった。移りゆく時代とは、その折々に立ち会った人々が無意識に過ごす日々の暮らしのなかで緩慢に変わってゆくもの、激震的に変わるもの、この両方によって推移してゆく。そのなかにあっていかなる流れにおいてもなお変わらずに国語と国土に根を下ろしている「ことば」や「風土」も多々あるのである。

俳句をつくる人が重宝する歳時記には、もっとも手近に置いて「季題・季語」を知るテキストとしての効用がある。ところが、歳時記を愛読するのはかならずしも俳句作者ばかりだとはかぎらない。もしかしたら、実用に役立てようという思惑のない分、季語として選ばれたことばの間口を広げ、深耕させる力を自在に発揮し、俳人とは異なる楽しみを味わうのは、俳句はつくらないけれど、歳時記の言葉は好きというこの歳時記読者であるのかもしれない。

俳句作者ではない山本健吉が、『ことばの歳時記』の「歳時記について」を「これは私の、季(き)の詞(ことば)についてのノートである」と書き出していることにもそのことが窺(うかが)えるのである。さらに、

あちこちを読んでいるうちに、私は歳時記というものが一千年以上にわたって持ちつづけてきた美意識と生活の知恵との、驚くべき集大成だということに気づいたのである。

と書いている。事ほど左様に『ことばの歳時記』は、古来この国で生きてきた日本人の先祖たちが、風の方位や雲の形、雨や雪の降りようを見据えながら農耕や漁撈を糧の柱にして生きてきた時間、月や花などを愛でつつ感情を豊かにし、詩歌を残しつづけてきた時間、その時間のうちに集積された数々の「ことば」「美意識」「くらしの知恵」に、古典文学や民俗学、科学、その他あらゆる見地から季題・季語に肉付けをし、まさしくことばの宝庫のような一冊となっている。

昭和に生まれ、どこかに明治や大正の匂いを漂わせた暮らしの中で生きてきた年配者には、採用されているどの季題・季語の世界にも共通した体験や共通する知識が甦り、どの頁を開いても郷愁やるかたない思いにかられる。

たとえば春の項に、冬至ののちに春に向かって移りゆく時間を「一日一日と畳の目ほどずつ日脚が伸びてゆく」という昔ながらの言い習わしで表現しているところがある。さてこれを現代風にどう言い換えればいいのか。「僅かばかり」とも違うし、「ほんの少しずつ」とも違う「畳の目ほど」なのである。畳のある部屋での暮らしがあたりまえであったころに自然にできたこの言葉を、畳を知らない人に知らせようと、畳のある部屋に案内して説明するというようなことで理解されるものではないのだ。現今の生活感覚からは理解しがたいところがあったとしても、それはそれで古人との出会いとして読めば、いつしか遠い身内に巡り合うような気持ちになるだろう。

ただいくら生活様式が即物的に変化しても、この国に四季があり、アジアモンスーン独特の気候風土の「国土」で暮らすかぎり、そこに生まれ育まれた「国語」を無視して生きてゆくことはできない。「探梅」ということばがなぜ春ではなく冬の季語となっているのか、これを日本の春や冬を知らない国の人にことばで説明することは至難である。冬と春のあわい、春と夏のあわい、暦の春と実際の春のズレ、これらを説明なしに理解する感性は、この季節を過ごした先人たちが持ち寄った一握一握が積もって成った共通の体験、共通の知識、共通の美意識や思想をはらむ基層のことばとして今に至っている。そこに新たな一握の追体験を加えてゆくのも意義あることではなかろうか。

たとえば「時雨」や「やませ」「高西風」などの天文現象につけられた名は、堂上貴族の名付けたものではなく、市井の人々が暮らしの中で育んだことばである。ことに風の名は実際に舟で沖に出てゆく漁師たちが命をまもるために情報の一つとして得た言葉であって、風流や思いつきで付けられた名ではなくそれぞれに言葉の意味があるのだという視点も、生活者が積み重ねた一握一握の体験のたまものである。たとえば「高西風」は次のような書き出しに始まる。

船乗りや漁師のあいだに使われている風の名には、日本語として造語の妙を示しているものが多い。板子一枚下は地獄の生活を送っているのだから、われわれ陸地生活者と違って、風の性質の巨細を知りつくすということは、やむにやまれぬ生活上の必要なのである。何百年もの長期にわたっての経験の集積が、風の名にはこめられているわけで、それだけに、学者や文人などが机の上でひねり出した言葉には見られない生命力がある。言いかえれば、言葉の自然さと重量感とがある。

現在では、「高西風」の「高」は上空ではなく、「子（ね）」の方位、つまり北を指すことだということがごく当然のこととして季語解説されているが、かつて編纂された歳時記では「澄みきった秋の高天を吹く西風」で「天高く澄み渡った趣」という間違った解説がなされていたのである。

どの項にも通説や他説だけを引いたものにはない自説が述べられていて、読んでいて厭くことがない。

歳時記のことばは、この国土に生きてきた生活者のことばである。このたび再読の機を得た『ことばの歳時記』には、あらためてそのことを思い知らされるところが多く、本書を前にして切に思ったことは、この後もこの国土に暮らし、国語を用いて生きてゆく若い方々にこそ読んでほしい、知ってほしいということであった。

まさしく、歳時記は「国語と国土という二つの言葉に帰着する」のである。

本書は、文春文庫より一九八三年五月に刊行されました。

ことばの歳時記

山本健吉

平成28年 11月25日　初版発行
令和 6 年 12月10日　15版発行

発行者●山下直久

発行●株式会社KADOKAWA
〒102-8177　東京都千代田区富士見2-13-3
電話　0570-002-301（ナビダイヤル）

角川文庫 20077

印刷所●株式会社KADOKAWA
製本所●株式会社KADOKAWA

表紙画●和田三造

ISBN978-4-04-400217-6　C0192

◆◇◇

角川文庫発刊に際して

角川源義

第二次世界大戦の敗北は、軍事力の敗北であった以上に、私たちの若い文化力の敗退であった。私たちの文化が戦争に対して如何に無力であり、単なるあだ花に過ぎなかったかを、私たちは身を以て体験し痛感した。西洋近代文化の摂取にとって、明治以後八十年の歳月は決して短かすぎたとは言えない。にもかかわらず、近代文化の伝統を確立し、自由な批判と柔軟な良識に富む文化層として自らを形成することに私たちは失敗して来た。そしてこれは、各層への文化の普及滲透を任務とする出版人の責任でもあった。

一九四五年以来、私たちは再び振出しに戻り、第一歩から踏み出すことを余儀なくされた。これは大きな不幸ではあるが、反面、これまでの混沌・未熟・歪曲の中にあった我が国の文化に秩序と確たる基礎を齎らすためには絶好の機会でもある。角川書店は、このような祖国の文化的危機にあたり、微力をも顧みず再建の礎石たるべき抱負と決意とをもって出発したが、ここに創立以来の念願を果すべく角川文庫を発刊する。これまで刊行されたあらゆる全集叢書文庫類の長所と短所とを検討し、古今東西の不朽の典籍を、良心的編集のもとに、廉価に、そして書架にふさわしい美本として、多くのひとびとに提供しようとする。しかし私たちは徒らに百科全書的な知識のジレッタントを作ることを目的とせず、あくまで祖国の文化に秩序と再建への道を示し、この文庫を角川書店の栄ある事業として、今後永久に継続発展せしめ、学芸と教養との殿堂として大成せんことを期したい。多くの読書子の愛情ある忠言と支持とによって、この希望と抱負とを完遂せしめられんことを願う。

一九四九年五月三日

角川ソフィア文庫ベストセラー

新版 古事記 現代語訳付き

訳注／中村啓信

天地創成から推古天皇につながる天皇家の系譜と王権の由来書。厳密な史料研究成果に拠る読み下し文、平易な現代語訳、漢字本文（原文）、便利な全歌謡各句索引と主要語句索引を完備した決定版！

風土記（上） 現代語訳付き

監修・訳注／中村啓信

風土記は、八世紀、元明天皇の詔により諸国の産物、伝説、地名の由来などを撰進させた地誌。現存する資料を網羅し新たに全訳注。漢文体の本文も掲載する。上巻には、常陸国、出雲国、播磨国風土記を収録。

風土記（下） 現代語訳付き

監修・訳注／中村啓信

報告書という性格から、編纂当時の生きた伝承・社会・風俗を知ることができる貴重な資料。下巻には、現存する五か国の中で、豊後国、肥前国と後世の諸文献から集められた各国の逸文をまとめて収録。

新版 万葉集（一～四） 現代語訳付き

訳注／伊藤　博

古の人々は、どんな恋に身を焦がし、誰の死を悼み、そしてどんな植物や動物、自然現象に心を奪われたのか——。全四五〇〇余首を鑑賞に適した歌群ごとに分類。天皇から庶民にいたる万葉人の想いが今に蘇る！

新版 古今和歌集 現代語訳付き

訳注／高田祐彦

日本人の美意識を決定づけ、『源氏物語』などの文学や美術工芸ほか、日本文化全体に大きな影響を与えた最初の勅撰集。四季の歌、恋の歌を中心に一一〇〇首を整然と配列した構成は、後の世の規範となっている。

角川ソフィア文庫ベストセラー

新版 伊勢物語
現代語訳付き
訳注／石田穣二

在原業平がモデルとされる男の一代記を、歌を挟みながら一二五段に記した短編風連作。『源氏物語』にもその名が見え、能や浄瑠璃など後世にも影響を与えた。詳細な語注・補注と読みやすい現代語訳の決定版。

土佐日記
現代語訳付き
紀　貫之
訳注／三谷榮一

紀貫之が承平四年一二月に任国土佐を出港し、翌年二月京に戻るまでの旅日記。女性の筆に擬した仮名文学の先駆作品であり、当時の交通や民間信仰の資料としても貴重。底本は自筆本を最もよく伝える青谿書屋本。

新版 枕草子（上、下）
現代語訳付き
清少納言
訳注／石田穣二

約三〇〇段からなる随筆文学。『源氏物語』が王朝の夢幻であるとすれば、『枕草子』はその実相であるといえる。中宮定子をめぐる後宮世界に注がれる目はいつも鋭く冴え、華やかな公卿文化を正確に描き出す。

和泉式部日記
現代語訳付き
和泉式部
訳注／近藤みゆき

弾正宮為尊親王追慕に明け暮れる和泉式部へ、弟の帥宮敦道親王から手紙が届き、新たな恋が始まった。式部が宮邸に迎えられ、宮の正妻が宮邸を出るまでを一四〇首余りの歌とともに綴る、王朝女流日記の傑作。

紫式部日記
現代語訳付き
紫　式　部
訳注／山本淳子

華麗な宮廷生活に溶け込めない複雑な心境、同僚女房やライバル清少納言への批判――。詳細な注、流麗な現代語訳、歴史的事実を押さえた解説で、『源氏物語』成立の背景を伝える日記のすべてがわかる！

角川ソフィア文庫ベストセラー

源氏物語（全十巻）　現代語訳付き
紫式部　訳注／玉上琢彌

一一世紀初頭に世界文学史上の奇跡として生まれ、後世の文化全般に大きな影響を与えた一大長編。寵愛の皇子でありながら、臣下となった光源氏の栄光と苦悩の晩年、その子・薫の世代の物語に分けられる。

和漢朗詠集　現代語訳付き
三木雅博＝訳注

平安時代中期の才人、藤原公任が編んだ、漢詩句588と和歌216首を融合させたユニークな詞華集。全作品に最新の研究成果に基づいた現代語訳・注釈・解説を付載。文学作品としての読みも示した決定版。

更級日記　現代語訳付き
菅原孝標女　訳注／原岡文子

作者一三歳から四〇年に及ぶ平安時代の日記。東国から京へ上り、恋焦がれていた物語を読みふけった少女時代、晩い結婚、夫との死別、その後の侘しい生活。ついに憧れを手にすることのなかった一生の回想録。

大鏡
校注／佐藤謙三

一九〇歳と一八〇歳の老爺二人が、藤原道長の栄華にいたる天皇一四代の一七六年間を、若侍相手に問答体形式で叙述・評論した平安後期の歴史物語。人名・地名・語句索引のほか、帝王・源氏、藤原氏略系図付き。

今昔物語集　本朝仏法部（上、下）
校注／佐藤謙三

一二世紀ごろの成立といわれるインド・中国・日本の三国の説話を収めた日本最大の説話文学集。名僧伝、諸大寺の縁起、現世利益をもたらす観音霊験譚、啓蒙的な因果応報譚など、多彩な仏教説話二二一話を収録。

角川ソフィア文庫ベストセラー

今昔物語集 本朝世俗部（上、下）
校注／佐藤謙三

芥川龍之介の「羅生門」「六の宮の姫君」をはじめ、近代の作家たちが創作の素材をここから得たことは有名。世間話や民話系の説話は、いずれも的確な描写と簡潔な表現で、登場人物の豊かな人間性を描き出す。

方丈記 現代語訳付き
鴨　長　明
訳注／簗瀬一雄

社会の価値観が大きく変わる時代、一丈四方の草庵に遁世して人世の無常を格調高い和漢混淆文で綴った随筆の傑作。精密な注、自然な現代語訳、解説、豊富な参考資料・総索引の付いた決定版。

無名抄 現代語訳付き
鴨　長　明
久保田淳＝訳

宮廷歌人だった頃の思い出、歌人たちの世評――従来の歌論とは一線を画し、説話的な内容をあわせ持つ。鴨長明の人物像を知る上でも貴重な書を、中世和歌研究の第一人者による詳細な注と平易な現代語訳で読む。

新版 発心集（上） 現代語訳付き
鴨　長　明
訳注／浅見和彦・伊東玉美

鴨長明の思想が色濃くにじみ出た仏教説話集。欲心、妬心など、変わりやすい「心」の諸相を凝視し、自身の執着心とどう戦い、どう鎮めるかを突きつめていく。唯一の文庫完全版。上巻は巻一～五の62話を収録。

新版 発心集（下） 現代語訳付き
鴨　長　明
訳注／浅見和彦・伊東玉美

鴨長明が心の安定のために求めた数奇の境地は、『方丈記』の無常の世界観とともに、現代人の生き方にも大きな示唆を与えてくれる。下巻は巻六～八の40話、新たな訳と詳細な注のほか、解説・年表・索引を付載。